거울나라의 앨리스

거울나라의 앨리스

Alice Through the Looking Glass

루이스 캐럴 지음 · 존 테니얼 그림 | 손인혜 옮김

더클래식

차례

그늘 한 점 없는 순수한 이마
놀라움으로 가득한 꿈꾸는 눈동자를 가진 아이!
시간은 속절없이 흐르고 나와 그대는
삶의 절반이 산산이 흩어져도
동화라는 소중한 선물에
그대는 분명히 사랑스러운 미소로 화답하겠지

나는 그대의 환한 얼굴도 보지 못하고
그대의 은방울 같은 웃음소리도 듣지 못하겠지
그대의 어린 시절 이후에 펼쳐질 날들에
나의 자리는 없겠지
나의 이야기에 귀 기울여주는 것만으로
지금은 그걸로 충분하네

한여름의 햇살이 빛날 때
그 이야기는 시작되지
우리가 노를 젓는 박자에 맞추어
시간을 알리는 단조로운 종소리
그 메아리가 기억 속에 살아 있지만
시샘 많은 세월은 '잊으라' 하네

슬픈 소식을 전하는
겁먹은 목소리를 들어보렴
우울한 아가씨를
반갑지 않은 침대 맡으로 부르네
우리는 단지 잠잘 시간이 다가와서 안달이 난
조금 더 나이 든 아이에 지나지 않아

바깥에는 몰아치는 눈보라와 서리
태풍이 변덕스러운 광기를 부리고
집 안은 벽난로의 붉은 불빛 속에
어린 시절의 행복한 보금자리가 있네
마법의 단어들은 그대를 사로잡고
그대는 광란의 돌풍에 신경 쓰지 않네

'행복한 여름날'은 지나가고
여름의 영광도 사그라지고
한숨의 그림자가 이야기 사이를
떨며 지나가도
우리의 즐거운 동화에는
불행의 숨결이 닿지도 않네

1

거울나라의 집

한 가지는 확실했다. 그 일은 하얀 아기 고양이와 아무 상관이 없었다. 전부 검은 아기 고양이의 잘못이었다. 엄마 고양이가 15분 가까이 하얀 아기 고양이의 얼굴을 핥아주고 있었으니(꽤 잘 참고 있었다), 하얀 아기 고양이는 장난칠 시간이 없었다.

엄마 고양이 다이너가 아기 고양이를 세수시키는 방법은 이랬다. 먼저 한쪽 발로 아기 고양이 귀를 누른 다음, 다른 발로 코에서부터 얼굴 전체를 털 반대 방향으로 잘 문질러 닦았다. 아까 말한 것처럼 지금도 다이너는 하얀 아기 고양이를 열심히 닦고 있었고, 아기 고양이도 자기를 위한 일이라는 것을 아는지 얌전히 누워서 기분 좋게 가르랑거렸다.

하지만 검은 아기 고양이는 오후 일찍 세수를 끝낸 상태였

다. 그래서 앨리스가 커다란 안락의자에 쪼그리고 앉아서 비몽사몽간에 중얼중얼 혼잣말을 하는 동안, 앨리스가 감고 있던 털실 뭉치를 이리저리 굴리면서 다 풀릴 때까지 신나게 가지고 놀았다. 이제 털실은 카펫 위에 온통 얽혀 있었고 검은 아기 고양이는 그 한가운데에서 자기 꼬리를 잡으려고 빙빙 돌고 있었다.

"이 못된 녀석!"

앨리스가 소리를 치며 검은 아기 고양이를 들어 올렸다. 그리고 나쁜 짓이라는 것을 알려주기 위해 가볍게 입맞춤을 했다.

"다이너가 널 제대로 가르쳐야 했는데! 다이너, 그래야 하는 거 너도 알지!"

앨리스는 엄마 고양이를 나무라듯이 바라보면서 최대한 화난 목소리로 말했다. 그런 다음 아기 고양이와 털실 뭉치를 가지고 다시 안락의자에 앉아 실을 감기 시작했다. 앨리스는 혼잣말을 했다가 아기 고양이한테 말을 걸었다가 하느라 털실을 빨리 감을 수가 없었다. 검은 아기 고양이는 앨리스의 무릎에 얌전히 앉아서 털실 감는 것을 보는 척했다. 그러다가 할 수만 있다면 기꺼이 도와주겠다는 듯이 이따금 앞발을 뻗어 가볍게 털실을 건드렸다.

"키티, 내일이 무슨 날인지 아니?"

앨리스가 물었다.

"나랑 같이 창가에 있었으면 너도 알 텐데. 다이너가 그때 널 씻기고 있어서 그럴 수가 없었지. 아까 남자애들이 모닥불을 피우려고 장작을 모으는 것을 보고 있었거든. 키티, 모닥불을 피우려면 장작이 아주 많이 필요해. 근데 너무 춥고 눈까지 많이 와서 남자애들이 그냥 가버렸어. 그래도 괜찮아. 내일 모닥불 구경하러 가면 되니까."

앨리스는 잘 어울리는지 보려고 아기 고양이 목에 털실을 두세 번 감아보았다. 그러다가 털실이 바닥으로 툭 떨어지는 바람에 데굴데굴 굴러가서 다시 길게 풀어져버렸다.

"키티, 내가 얼마나 화났는지 알아?"

앨리스가 다시 의자에 편안히 앉으며 말했다.

"네가 장난친 걸 보고 널 눈밭에 내놔버릴까도 생각했다고! 넌 그래도 싸. 이 장난꾸러기야! 할 말 없지? 그러니까 조용히 내 말 들어!"

앨리스가 검지를 들고 계속 말했다.

"네가 뭘 잘못했는지 다 말해줄게. 첫째, 오늘 아침에 다이너가 세수를 시켜줄 때 두 번이나 낑낑거렸어. 너도 아니라고는 못하겠지? 내가 분명히 들었거든! 뭐라고? (마치 고양이가 말이라도 하는 듯이) 엄마가 발로 네 눈을 쳤다고? 음, 그건 네가 잘못한 거야. 눈을 뜨고 있으니까 그렇지. 눈을 감고 있었으면 안 그랬겠지. 이제 변명은 됐어. 잘 들어! 둘째, 내가 우유 접시를 스노드롭 앞에 놓으니까 바로 꼬리를 잡아당겼잖아! 뭐, 목이 말랐다고? 그럼 스노드롭은 목이 안 말랐을까? 이제 셋째, 내가 안 보는 사이에 털실 뭉치를 다 풀어헤쳐놨잖아! 키티, 넌 세 가지 잘못을 해놓고도 아직 벌을 안 받았어. 수요일까지 네가 받아야 할 벌을 모두 모아놓을 거야. 근데 사람들이 내 벌도 그렇게 모아놓고 있으면 어떻게 하지!"

앨리스는 이제 아기 고양이보다 자신에게 혼잣말을 하듯 말했다.

"연말에 사람들이 나한테 무슨 벌을 줄까? 어쩌면 감옥에 갈지도 몰라. 아니면, 음, 벌로 저녁을 굶을지도 모르지. 그런 끔찍한 날이 오면 아마 한 오십 번은 저녁을 굶어야 할걸! 그래도 뭐, 그 정도는 참을 수 있어. 저녁 50끼를 한꺼번에 다 먹는 것보다는 안 먹는 게 낫지!

키티, 눈이 창문에 부딪히는 소리 들려? 소리가 정말 부드럽지! 누군가 밖에서 창문 여기저기에 입맞춤을 하는 것만 같아. 눈이 나무와 들판을 사랑해서 저렇게 부드럽게 입맞춤을 하는 게 아닐까? 하얀 이불로 포근하게 덮어주고 나서 아마 이렇게 말할 거야. '잘 자, 내 사랑, 다시 여름이 올 때까지.' 키티, 여름이 되면 나무와 들판은 다시 깨어나서 온통 초록 옷을 입고 바람이 불 때마다 춤을 출 거야. 와, 얼마나 예쁠까!"

앨리스는 이렇게 외치며 손뼉을 치다가 다시 털실 뭉치를 떨어뜨렸다.

"이게 진짜면 좋겠다! 나뭇잎이 갈색으로 변하는 가을에는 나무들이 졸린 거 같아. 그런데 키티, 너 체스 둘 줄 알아? 웃지만 말고. 난 진지하게 물어보는 거야. 체스를 둘 때마다 넌 뭔가를 아는 것처럼 쳐다보잖아. 내가 '체크!' 하고 외치면 넌 가르랑거리잖아! 그래, 정말 멋진 체크였지. 거의 이길 뻔했는데. 그 못된 기사가 내 말들 사이로 비집고 들어오지만 않았어도 말이야. 키티, 우리 '흉내 놀이' 하자."

앨리스는 자주 '흉내 놀이 하자'라고 하는데, 여기서 그렇게 시작하는 이야기들을 절반이라도 들려줄 수 있으면 좋겠다. 앨리스는 바로 전날에도 언니와 꽤 오랫동안 말다툼을 했는데 앨리스가 '왕과 여왕 흉내 놀이' 하자고 하면서 시작되었다. 언니는 매우 정확한 것을 좋아해서 둘밖에 없으니까 왕과 여왕 놀이를 할 수 없다고 했다. 결국 앨리스는 "그럼 언니가 왕이나 여왕 중에 하나를 해. 나머지 사람들은 모두 내가 할게"라고 했다. 또 한 번은 나이 든 유모의 귀에 대고 "유모! 난 배고픈 하이에나를 할게요! 유모는 뼈다귀가 되는 거예요"라고 갑자기 큰 소리로 말해서 깜짝 놀라게 한 적도 있었다.

그럼, 다시 앨리스가 검은 아기 고양이에게 하던 얘기로 돌아가자.

"키티, 넌 붉은 여왕을 하는 거야. 네가 팔짱을 끼고 앉아 있으면 정말 붉은 여왕 같을 거야. 자, 해봐. 아이, 착하다!"

앨리스는 탁자에서 붉은 여왕을 가져와서 아기 고양이가 따라할 수 있게 앞에 세워놓았다. 하지만 쉽지가 않았다. 아기 고양이가 도통 팔짱을 끼려고 하지 않았기 때문이다. 그래서 앨리스는 벌을 주려고 아기 고양이를 거울 앞에 놓고는 얼마나 부루퉁해 있는지 보여주었다.

"당장 말 안 들으면 저 거울 속 집으로 던져버릴 거야. 그래도 좋아?"

앨리스가 말을 이었다.

"자, 키티, 내 말 잘 들어봐. 내가 생각한 저 거울 속 집에 대해 얘기해줄게. 먼저, 거울 속에 보이는 저 방은 좌우만 바뀌었을 뿐 우리 거실이랑 똑같아. 의자 위에 올라서서 보면 벽난로 뒤만 빼고 다 보여. 아, 벽난로 뒤가 조금이라도 보이면 좋을 텐데! 겨울에 저기서도 불을 피우는지 너무 궁금해. 우리 거실에서 연기가 안 나면 저 방에서도 연기가 안 나서 정말 알 수가 없다니까. 근데 연기가 나더라도 가짜일 수도 있어. 저기 사람들이 불을 피우는 것처럼 보이게 하려고 말이야. 그리고 책들도 우리 책들하고 같은데 글자만 좌우가 거꾸로 쓰여 있어. 우리 책들을 거울에 비추면 저쪽 방에서도 책을 보여줘서 알게 됐지.

키티, 거울나라에 살면 어떨 거 같아? 저기서도 사람들이 너한테 우유를 줄까? 어쩌면 거울나라의 우유는 마실 수 없는 우유일지도 몰라. 아, 키티! 이제 복도가 보인다. 거실 문을 활짝 열어놓으면 거울나라 집의 복도가 살짝 보이거든. 잘 보면 우리 복도랑 아주 비슷해. 복도 너머는 다를 수도 있지만. 아, 키티야! 저 거울나라 집에 들어갈 수 있으면 얼마나 좋을까? 분명히 예쁜 것들이 정말 많을 거야! 어쨌든 키티야, 저 거울 속으로 들어갈 수 있다고 상상해봐. 저 거울이 투명한 천 같은 걸로 만들어진 거야. 그래서 우리가 저길 지나갈 수 있는 거지. 어, 지금 거울이 안개 비슷하게 변했어! 정말이야! 쉽게 지나갈 수……."

앨리스는 이 말을 하면서 자신도 모르는 사이 벽난로 위 선반에 올라섰다. 거울은 정말로 밝은 은빛 안개처럼 서서히 녹

아내리기 시작했다.

앨리스는 곧 거울을 통과해서 거울 속 방으로 가볍게 뛰어내렸다. 제일 먼저 벽난로에 불이 피워져 있는지 살펴봤다. 앨리스가 있던 거실처럼 거울 속 방에서도 밝은 불꽃이 날름거렸고 앨리스는 아주 기뻤다.

'여기에서도 저편의 우리 거실처럼 따뜻하게 있을 수 있겠다. 사실 더 따뜻할 거야. 여기서는 불가에서 멀리 떨어지라고

야단치는 사람도 없으니까 말이야. 사람들이 거울 속에 있는 날 봐도 잔소리도 못하겠지. 아, 그럼 얼마나 재미있을까!'

앨리스는 속으로 이렇게 생각하며 주위를 둘러봤다. 거실에서 거울을 통해 보이던 물건들은 아주 평범했는데 나머지 물건들은 아주 많이 달랐다. 예를 들어 벽난로 옆 벽에 걸린 그림들은 모두 살아 있는 듯했고, 벽난로 위에 놓인 시계(전에 거실에서 거울로 볼 때는 뒷모습만 보였다)는 노인의 얼굴을 하고 앨리스를 향해 씩 웃고 있었다.

'여기 사람들은 거울 밖 거실처럼 방을 깔끔하게 정리 안 하나 봐.'

앨리스는 체스 말들이 벽난로 잿더미 속에 있는 것을 보고 이렇게 생각했다. 하지만 이내 깜짝 놀라 "아!" 하고 외치면서 바닥에 엎드려 체스 말들을 쳐다봤다. 체스 말들이 둘씩 짝을 지어 걷고 있는 게 아닌가!

"붉은 왕과 붉은 여왕이잖아."

앨리스는 혹시라도 그들이 놀랄까 봐 아주 작은 목소리로 말했다.

"부삽 끝에는 하얀 왕과 하얀 여왕이 앉아 있네. 캐슬* 둘도

팔짱을 끼고 걸어가잖아. 내 말이 안 들리는 거 같아."

앨리스는 머리를 아래로 더 숙이면서 말을 이었다.

"내가 전혀 안 보이나 봐. 마치 투명 인간이 된 기분이야."

그런데 뒤쪽에서 뭔가가 끙끙거리는 소리가 들려서 돌아보니, 때마침 하얀 졸 중 하나가 굴러 넘어져서 버둥거리고 있었다. 앨리스는 다음에 무슨 일이 일어날지 흥미롭게 가만히 지켜봤다.

"이건 내 아기 목소린데!"

하얀 여왕이 이렇게 외치면서 왕 옆을 지나 서둘러 달려갔다. 하지만 어찌나 맹렬하게 달려갔던지 옆에 있던 하얀 왕이 잿더미 속으로 넘어지고 말았다.

"우리 소중한 릴리! 왕실의 보물!"

하얀 여왕은 벽난로 앞에 쳐진 난로망을 허겁지겁 기어오르기 시작했다.

"왕실의 천덕꾸러기겠지!"

하얀 왕이 넘어지면서 다친 코를 문지르며 말했다. 머리부터 발끝까지 재로 뒤덮였으니 여왕에게 조금 화가 난 것도 당연했다.

불쌍한 릴리가 발버둥을 치면서 어찌나 소리를 지르는지 앨

---

* 체스에서 '룩'이라고도 하며, 한국 장기로 차(車)에 해당한다.

리스도 뭔가 도움을 주고 싶었다. 그래서 서둘러 하얀 여왕을 집어서 탁자 위에서 시끄럽게 울고 있는 딸 옆에 내려놔주었다.

여왕은 '헉' 하고 숨을 쉬면서 주저앉았다. 순식간에 공중을 이동하느라 제대로 숨을 못 쉰 것 같았다. 그리고 잠시 동안 릴리를 조용히 끌어안고 있었다. 잠시 숨을 고른 여왕은 잿더미 속에 뿌루퉁하게 앉아 있는 왕에게 소리쳤다.

"화산 조심하세요!"

"웬 화산?"

왕이 벽난로를 걱정스럽게 바라보며 말했다. 화산이 있을 만한 곳은 벽난로밖에 없다고 생각하는 듯했다.

"날 여기까지 날려버렸어요. 그러니까 조심해서, 평소대로 올라와요. 바람에 날리지 말고요!"

여왕은 아직도 숨이 조금 가쁜지 헐떡이며 말했다.

앨리스는 왕이 난로망의 창살을 천천히 하나씩 힘겹게 올라가는 것을 지켜봤다. 그리고 보다 못해 이렇게 말했다.

"그렇게 가다가는 탁자까지 가는 데 몇 시간 걸리겠어요. 제가 도와주는 게 낫지 않을까요?"

하지만 왕은 아무 반응이 없었다. 앨리스가 보이지도, 말이 들리지도 않는 게 분명했다.

그래서 앨리스는 왕을 조심스럽게 들어 올렸다. 그리고 혹시라도 숨이 막힐까 봐 여왕을 옮길 때보다 훨씬 더 천천히 그를 옮겼다. 그런데 왕을 탁자에 올려놓기 전에 온몸에 덮인 재를 조금 털어주는 게 좋겠다는 생각이 들었다.

나중에 앨리스는 세상에 태어나서 그런 표정은 처음 봤다고 얘기했다. 보이지 않는 손이 자신을 공중으로 들어 올리고 재를 털자, 왕은 너무 놀라서 소리도 지르지 못했다. 대신 눈과 입만 점점 커지면서 동그랗게 벌어졌다. 앨리스는 웃음을 터뜨렸고 그 바람에 손이 떨려서 왕을 바닥에 떨어뜨릴 뻔했다.

"아, 제발 그런 표정 짓지 마세요!"

앨리스는 왕이 자신의 말을 듣지 못한다는 것을 잊어버리고

이렇게 외쳤다.

"너무 웃겨서 손으로 잡고 있을 수가 없잖아요! 입을 그렇게 크게 벌리지 마세요! 재가 다 들어가겠어요! 이제 좀 깔끔해졌네요!"

앨리스는 왕의 머리를 매만져준 다음, 탁자 위 여왕 옆에 올려놓았다.

그런데 왕은 바로 뒤로 벌렁 넘어지더니 꼼짝 않고 누워 있었다. 앨리스는 자기 때문인가 걱정이 되어 왕에게 뿌릴 물이 있는지 방 안을 둘러보았다. 하지만 잉크병 말고는 아무것도 없었다. 잉크병을 들고 와서 보니, 왕은 정신을 차리고 여왕에게 놀란 목소리로 속삭이고 있었다. 목소리가 너무 작아서 무슨 말을 하는지 겨우 알아들었다.

"어찌나 놀랐는지 수염 끝까지 얼어붙는 것 같았다오!"

"당신은 수염도 없잖아요."

여왕이 말했다.

"그 공포의 순간을 절대, 결코 못 잊을 거요!"

"그래도 기록을 안 해두면 잊어버릴걸요."

여왕이 말했다.

앨리스는 왕이 주머니에서 커다란 수첩을 꺼내 글을 쓰는 모습을 흥미롭게 지켜봤다. 그러다가 갑자기 뭔가가 떠오른 듯 왕의 어깨 너머로 튀어나온 연필 끝을 잡고 글을 쓰기 시작했다.

불쌍한 왕은 당황하고 놀란 표정이었다. 그는 한동안 아무 말 없이 연필을 잡아보려고 기를 썼지만 앨리스의 힘을 이길 수가 없었다. 결국 그는 숨을 몰아쉬며 말했다.

"왕비! 아무래도 더 작은 연필이 있어야겠소. 연필이 내 맘대로 안 되니 말이오. 내가 쓰려던 글이 아닌데 저절로 막 써지니……."

"뭘 썼는데요?"

여왕이 수첩을 넘겨다보며 물었다. 그곳에는 앨리스가 '하얀 기사가 부젓가락을 미끄러져 내려가고 있었다. 그는 균형 감각이 영 꽝이었다'라고 써놓았다.

"이건 당신 느낌을 적은 게 아니잖아요!"

앨리스는 여전히 하얀 왕이 조금 걱정스러웠고, 혹시라도 또 기절할까 봐 잉크를 준비해두고 있었다. 앨리스는 왕을 지켜보면서 옆에 있는 탁자 위 책을 집어 들었다. 그리고 책장을 넘기면서 읽을 만한 부분을 찾아보았다.

"이건 내가 모르는 언어잖아."

앨리스가 중얼거렸다.

이를테면 이런 식이었다.

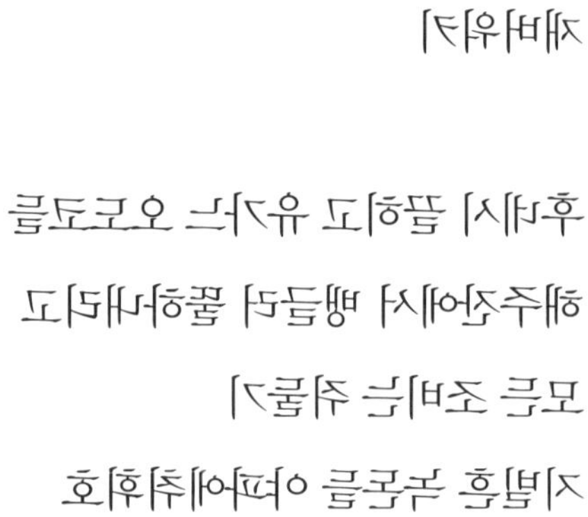

앨리스는 잠시 골똘히 생각해봤고 마침내 좋은 생각이 번뜩 떠올랐다.

"그래, 이건 거울나라의 책이잖아! 거울에 비춰보면 글자들이 똑바로 보일 거야."

이것이 앨리스가 읽은 시다.

재버워키

후네시 끌히고 유가느 오도코들
해주잔에서 뱅글러 뚤하내리고
모든 조비는 쥐둘기
지빌흔 녹돈들 야파에취휘호

“재버워키를 조심해라! 아들아
턱에 씹히고 발톱에 잡힌다!
쩝쩝새도 조심하고 피해라
명무시한 밴더스내치를!”

아들은 보팔 검을 손에 쥐고
덜퍽스러운 괴물을 오랫동안 찾아 헤맸네
그러다 팅팅 나무 곁에 서서
한동안 쉬며 생각에 잠겼네

끄텁는 생각에 그처럼 잠겨 있는데
재버워크가 두 눈에 불을 켜고
음침빽한 숲을 살랑살랑 헤치고
버글대며 나타났지!

헛둘, 헛둘! 그리고 쉭 푹
보팔 칼날이 간식을 먹었지!
아들은 괴물을 죽이고 머리를 잘라
투벅하게 돌아왔네

"네가 재버워크를 죽였구나?
이리 와 안기렴, 내 비차는 소년아!
오, 경멋스러운 날이로다! 지화자! 화자!"
아버지는 기뻐 켈켈거렸지

후네시 끌히고 유가느 오도코들
해주잔에서 뱅글러 뚤하내리고
모든 조비는 쥐둘기
지빌흔 녹돈들 야파에취휘호

"좋은 시 같기는 한데 좀 어렵네!"

앨리스가 시를 다 읽고 나서 말했다. 사실 앨리스는 시를 전혀 이해하지 못했지만 솔직하게 말하고 싶지 않았다.

"어쨌든 이 시를 읽으니까 머릿속에 뭔가가 막 떠오르는 것 같아. 그게 뭔지 정확히는 모르겠지만! 근데 누군가가 뭔가를 죽였다는 거 같은데. 그건 분명한데……. 아, 맞다!"

앨리스는 뭔가가 생각이 났는지 갑자기 펄쩍 뛰었다.

"서둘러야 해. 안 그러면 거울나라 집의 다른 곳은 보지도 못하고 돌아가야 할지도 몰라! 먼저 정원부터 봐야겠다!"

앨리스는 당장 방을 나와서 계단을 뛰어 내려갔다. 정확히 말해 뛴 것은 아니었다. 앨리스 말에 따르면 계단을 쉽고 빠르게 내려가는 새로운 방법을 찾은 거였다. 앨리스는 난간을 손으로 살짝 잡은 채, 발이 계단에 닿지 않게 약간 띄우고 부드럽게 그대로 미끄러져 내려갔다. 복도까지 그 상태로 미끄러져 내려갔는데, 만약 중간에 문기둥을 잡지 않았다면 현관문까지 곧바로 나갔을 것이다. 오랫동안 공중에 뜬 채로 미끄러져 내려오다 보니 조금 어지러웠다. 그래서 앨리스는 다시 바닥에 발을 대고 걷자 기분이 좋았다.

2

살아 있는 꽃들의 정원

"저 언덕 꼭대기에 올라가면 정원이 훨씬 잘 보일 거야. 여기가 언덕으로 올라가는 길인가 보네. 어, 이 길이 아닌가……."

앨리스가 혼잣말을 했다. 길을 따라서 몇 미터쯤 가다 보면 갑자기 모퉁이가 나타났고, 앨리스는 그런 모퉁이를 몇 번이나 지났다.

"언젠가는 도착하겠지. 근데 길이 정말 이상하게 꼬불꼬불하네! 길이 아니라 코르크 따개 같아! 음, 여기를 돌면 언덕이 나올 거야. 아니네! 집으로 다시 돌아가잖아! 그럼, 다른 길로 가봐야겠다."

앨리스는 다른 길로 가보았다. 올라갔다 내려갔다 하면서 돌고 돌았지만 어떤 길로 가든지 언제나 다시 집으로 돌아왔다.

한 번은 지금까지보다 좀 더 빨리 모퉁이를 돌았더니 멈출 새도 없이 집에 부딪히고 말았다.

"아무리 그래도 소용없어. 아직은 돌아가기 싫어. 뭐, 나도 안다고. 다시 거울 밖 옛날 방으로 돌아가야겠지. 근데 그러면 내 모험도 끝이란 말이야!"

앨리스는 마치 싸움이라도 하듯이 집을 바라보며 말했다.

앨리스는 단호하게 집을 뒤로 하고 다시 한번 길을 나섰다. 언덕에 닿을 때까지 곧장 가기로 마음을 굳혔다. 한동안은 모든 게 잘되는 듯해서 "이번에는 언덕까지 갈 수 있겠어"라고 말했다. 하지만 (앨리스가 나중에 말하기를) 갑자기 길이 비틀리고 흔들리더니, 다음 순간 자신이 현관문 쪽으로 걸어가고 있었다고 한다.

"너무하잖아! 이렇게 자꾸 길을 막는 집이 어디 있어! 아, 정말 너무해!"

앨리스가 외쳤다.

하지만 언덕이 바로 눈앞에 보여서 앨리스는 다시 길을 나설 수밖에 없었다. 이번에는 한가운데에 버드나무가 서 있고, 가장자리에 데이지가 심어져 있는 넓은 정원에 도착했다.

"와, 참나리네. 네가 말을 할 수 있으면 얼마나 좋을까!"

앨리스가 바람에 우아하게 흔들리는 꽃을 보며 말했다.

"우리도 말할 수 있어. 말할 가치가 있는 사람에게만."

참나리가 말했다.

앨리스는 너무 놀라서 아무 말도 할 수가 없었고, 숨이 멎을 것만 같았다. 참나리가 다시 바람에 흔들리기 시작했고 앨리스는 약간 겁먹은 목소리로 속삭이듯이 물었다.

"그럼 모든 꽃이 말을 할 줄 알아?"

"너만큼 잘하지. 더 크게도 말할 수 있어."

참나리가 대답했다.

"우리가 먼저 말을 걸기는 좀 그렇지. 그래서 난 네가 언제 입을 열까 궁금해하고 있었어! '똑똑해 보이지는 않지만 그래도 생각은 좀 있는 거 같네!'라고 생각하면서 말이야. 그런데 색을 보니까 싱싱한 게 괜찮아. 오래가겠어."

장미가 말했다.

"색은 아무래도 상관없는데, 내 생각에 꽃잎이 조금만 더 말려 올라갔으면 좋았을 텐데."

참나리가 말했다.

"여기에 이렇게 있는 거 안 무서워? 돌봐주는 사람이 아무도 없잖아?"

앨리스는 자신을 놓고 이러쿵저러쿵하는 게 듣기 싫어서 질문을 하기 시작했다.

"한가운데에 나무가 있잖아. 나무만 있으면 되지, 뭐가 더 필요하겠어?"

장미가 말했다.

"하지만 위험이 닥치면 나무가 뭘 해줄 수 있는데?"

앨리스가 물었다.

"나무가 '바우와우' 하고 짖어주지. 그래서 나뭇가지를 '바우'라고 부르는 거야!"*

---

* 영어로 'bough'는 나뭇가지를 뜻하는데, 'bough-wough'가 개 짖는 소리인 'bow-wow'와 발음이 같은 데서 생각해낸 말장난이다.

데이지가 말했다.

"넌 그것도 몰랐어?"

다른 데이지가 말했다. 곧 다른 꽃들까지 합세해서 소리치기 시작했고, 잠시 후 작고 날카로운 목소리가 울려 퍼졌다.

"모두 조용히 해!"

참나리가 격렬하게 좌우로 몸을 흔들더니 흥분해서 몸을 떨며 외쳤다.

"데이지들은 내가 자기들한테 다가갈 수 없다는 걸 아는 거야! 그렇지 않으면 감히 저렇게 못하지!"

참나리가 떨리는 머리를 앨리스 쪽으로 숙이고 숨을 헐떡이며 말했다.

"괜찮아!"

앨리스가 달래듯이 말했다. 그리고 다시 뭐라고 말을 하려는 데이지들 쪽으로 몸을 숙이고 작게 이야기했다.

"입 다물지 않으면 전부 다 뽑아버릴 거야!"

순식간에 조용해졌고, 몇몇 분홍색 데이지들은 하얗게 질리기까지 했다.

"잘했어! 데이지들은 정말 못됐어. 하나가 말하면 모두 다 같이 소리를 질러댄다니까. 그걸 다 들어주다가는 아마 시들어죽을 거야!"

참나리가 말했다.

"넌 어쩜 이렇게 말을 잘해? 많은 정원을 가봤지만 말하는 꽃은 하나도 없었는데."

앨리스는 참나리가 기분이 나아지기를 바라며 칭찬을 했다.

"땅에 손을 대고 느껴봐. 그러면 이유를 알 수 있을 거야."

참나리가 말했다.

앨리스는 땅에 손을 대보았다.

"그냥 아주 딱딱해. 근데 말을 잘하는 거랑 이게 무슨 상관인지 모르겠어."

앨리스가 말했다.

"대부분의 정원은 꽃밭이 너무 폭신해서 꽃들이 항상 잠들어 있어."

그 말이 맞는 것 같았고, 앨리스는 이제 그 이유를 알게 되어 기뻤다.

"전엔 그런 생각을 전혀 못했어!"

앨리스가 말했다.

"내가 볼 때 넌 생각이라고는 없는 애 같은데."

장미가 약간 심하게 말했다.

"나도 저렇게 멍청하게 생긴 애는 처음 봐."

그동안 아무 말 없던 제비꽃이 갑자기 말을 해서 앨리스는 깜짝 놀랐다.

"입 다물어! 사람을 본 적도 없으면서! 넌 이파리 아래에 머리나 박고 코나 골며 잠이나 자! 꽃봉오리 때보다도 더 세상모르게 그냥 잠이나 자라고!"

참나리가 외쳤다.

"정원에 나 말고 다른 사람들도 있어?"

앨리스는 장미의 마지막 말을 못 들은 척하고 물었다.

"정원에 너처럼 움직이는 꽃이 또 하나 있기는 해. 네가 어떻게 움직일 수 있는지 궁금해……."

장미가 말했다.

"넌 모든 게 다 궁금하잖아."

참나리가 끼어들며 말했다.

"하지만 그 꽃은 너보다 꽃잎이 무성해."

장미가 말했다.

"나처럼 생겼어? 정원에 또 다른 여자애가 있다니!"

앨리스는 누군가가 있다는 생각에 간절한 목소리로 물었다.

"음, 너처럼 이상하게 생기기는 했어. 하지만 너보다 더 빨갛고 꽃잎은 더 짧은 거 같아."

장미가 말했다.

"그 꽃은 달리아처럼 꽃잎들이 다닥다닥 붙어 있어. 너처럼 어수선하지 않아."

참나리가 끼어들었다.

"그게 네 잘못은 아니지. 넌 시들기 시작했고, 그러면 꽃잎이

지저분해지는 건 어쩔 수 없으니까.”

장미가 친절하게 말했다.

앨리스는 이 말이 듣기 싫어서 화제를 바꾸려고 질문을 했다.

“그 애가 여기 온 적도 있어?”

“아마 곧 보게 될걸. 몸에 가시가 있는 종류야.”

장미가 말했다.

“어디에 가시가 달렸는데?”

앨리스가 호기심에 물어보았다.

“당연히 머리에 가시를 빙 두르고 있지. 넌 머리에 가시가 없다니 놀라운데. 난 움직이는 꽃들은 다 있는 줄 알았지.”

장미가 대답했다.

“온다! 쿵, 쿵, 쿵, 자갈길을 걸어오는 발자국 소리가 들려!”

미나리아재비가 외쳤다.

앨리스는 누군지 너무 궁금해서 뒤를 돌아봤다. 붉은 여왕이었다.

“엄청 커졌네!”

앨리스는 여왕을 보자마자 이렇게 말을 했다. 정말로 그랬다. 앨리스가 처음에 잿더미 속에서 본 붉은 여왕은 7센티미터쯤밖에 안 되었다. 그런데 이제 앨리스보다 머리의 반 정도가 더 컸다!

“신선한 공기 덕분이지. 이곳 공기는 정말 상쾌하거든.”

장미가 말했다.

"가서 여왕을 만나봐야겠어."

앨리스는 꽃들도 흥미로웠지만 진짜 여왕과 이야기하는 것이 더 멋진 일 같았다.

"그렇게 해서는 못 만날걸. 내가 충고하는데 반대 방향으로 걸어가는 게 좋을 거야."

장미가 말했다.

앨리스는 말도 안 된다고 생각해서 장미의 말에는 대꾸도 안 하고 곧장 붉은 여왕에게 다가갔다. 그런데 놀랍게도 여왕이 순식간에 시야에서 사라졌고 앨리스는 다시 현관문을 향해 걷고 있었다.

약이 오른 앨리스는 뒤로 물러나서 여왕이 어디 있나 사방을 둘러봤다. 멀리 떨어진 곳에 여왕이 있었다. 앨리스는 장미의 말대로 반대 방향으로 가보기로 했다.

이번에는 완벽하게 성공했다. 얼마 걷지도 않았는데 붉은 여왕과 얼굴을 마주하고 있었고, 그토록 가고 싶었던 언덕도 바로 눈앞에 있었다.

"어디서 왔느냐? 그리고 어디로 가느냐? 고개를 들고 차근히 말해보거라. 손가락은 그만 좀 꼼지락거리고."

붉은 여왕이 물었다.

앨리스는 여왕의 명령을 모두 따른 다음, 어디로 가야 할지

자신의 길을 찾지 못해 헤매고 있다고 설명했다.

“너의 길이라니 무슨 말인지 도통 모르겠구나. 여기 있는 모든 길은 내 길이니라. 그런데 넌 여기에 왜 왔느냐?”

여왕이 말했다. 그리고 다시 약간 친절한 목소리로 다시 말을 이었다.

“대답할 말을 생각하는 동안 무릎을 구부리고 절을 하거라. 그러면 시간이 절약될 테니 말이다.”

앨리스는 여왕의 말이 조금 이상한 것 같았지만 너무 두려워서 그 말을 그대로 따랐다.

‘집에 가서 해봐야지. 다음에 저녁 식사 자리에 조금 늦을 때 말이야.’

앨리스는 속으로 생각했다.

“이제 답을 해보거라. 말을 할 때는 입을 약간 크게 벌리고 말끝에 항상 ‘여왕 폐하’라고 붙여야 하느니라.”

여왕이 시계를 꺼내 보며 말했다.

“저는 단지 정원이 어떻게 생겼는지 구경하고 싶었을 뿐입니다, 여왕 폐하…….”

“그렇구나.”

여왕이 앨리스의 머리를 쓰다듬으며 말했고, 앨리스는 여왕의 그런 행동이 싫었다.

“그런데 네가 ‘정원’이라고 했는데……, 내가 본 정원들에 비하면 여기는 그냥 황무지란다."

앨리스는 감히 여왕의 말에 반박할 수가 없어서 아까 하던 말을 이어서 말했다.

"그리고 저기 언덕 꼭대기에 올라가는 길을 열심히 찾고 있다고 생각했는데……."

"방금 '언덕'이라고 했느냐? 내가 진짜 언덕을 보여주고 나면 저건 골짜기라고 불러야 할걸."

여왕이 앨리스의 말을 끊으며 말했다.

"아니에요. 언덕은 골짜기가 될 수 없어요. 말도 안 돼요……."

놀랍게도 앨리스가 드디어 여왕의 말에 반박하며 말했다.

"말도 안 된다고 해도 좋아. 하지만 내가 들어본 진짜 '말도 안 되는 말'에 비하면 내 말은 사전에 실어도 될 만큼 아주 논리적이지!"

붉은 여왕이 머리를 가로저으며 말했다.

앨리스는 기분이 상한 것 같은 여왕의 말투에 겁을 먹고 다시 무릎을 구부려 절을 했다. 그러고는 작은 언덕 꼭대기에 도착할 때까지 앨리스와 여왕은 아무 말 없이 걷기만 했다.

앨리스는 잠시 아무 말 없이 서서 거울나라를 둘러봤다. 정말 신기한 나라였다. 몇 개의 작은 개울이 가로로 흐르고 있었고, 개울 사이의 땅들은 개울과 개울을 이으며 세로로 쳐진 초록빛 작은 산울타리들을 통해 정사각형으로 나뉘어 있었다.

"아주 커다란 체스판처럼 생겼잖아!"

드디어 앨리스가 입을 열었다.

"어딘가에 말들이 돌아다니고 있을 거야. 저기 있네!"

앨리스가 기쁜 목소리로 말했다. 흥분해서 심장이 쿵쾅쿵쾅 뛰기 시작했다.

"여기가 온 세상이라면, 세상은 누군가가 게임을 하고 있는 아주 커다란 체스판인 거네. 와, 재미있겠다! 나도 저 말들 중에 하나면 좋겠다! 저 게임에 낄 수만 있으면 졸이라도 상관없어. 물론 여왕이면 제일 좋지만."

앨리스는 이 말을 하면서 진짜 여왕을 수줍게 바라봤다. 여왕은 기분 좋게 미소만 지었다.

"그건 아주 쉽단다. 네가 원한다면 하얀 여왕의 졸을 할 수가 있어. 릴리는 게임을 하기에 너무 어리니까. 두 번째 칸에서 시작하면 될 거야. 네가 여덟 번째 칸에 도착하면 여왕이 되는 거지."

바로 그 순간 앨리스와 여왕은 갑자기 달리기 시작했다.

나중에 생각해보니 앨리스는 어떻게 하다가 달리기 시작했는지 자기도 전혀 알 수가 없었다. 그저 기억나는 것은 여왕과 손을 잡고 달렸는데, 여왕이 너무 빨리 달려서 따라가느라 힘들었다는 것뿐이었다. 여왕은 달리면서 "빨리! 더 빨리!"라고 외쳤지만 앨리스는 그 이상은 빨리 달릴 수가 없었다. 하지만 너무 숨이 차서 아무 말도 할 수가 없었다.

그런데 정말 이상하게도 나무와 주변의 다른 것들이 전혀 바뀌지가 않았다. 아무리 빨리 달려도 앨리스와 여왕은 주변의 아무것도 앞서 지나가지 못했다.

'주변의 모든 게 우리랑 함께 달리는 거야?'

앨리스가 혼란스러워하며 생각했다.

"더 빨리! 말하지 말고!"

여왕이 앨리스의 생각을 읽었는지 외쳤다.

앨리스는 힘들어서 말할 생각도 없었다. 점점 숨이 차서 다시는 말을 못할 것만 같았다. 여왕은 여전히 "빨리! 빨리!"라고 외치면서 앨리스를 끌고 다녔다.

"거의 다 왔나요?"

마침내 앨리스가 헐떡거리며 입을 열었다.

"거의 다 왔냐고! 이미 10분 전에 지났어! 더 빨리!"

여왕이 말했다. 둘은 한동안 아무 말 없이 달렸다. 앨리스의 귓가로 바람이 윙윙 불어댔고, 머리카락은 뽑혀나갈 듯이 휘날렸다.

"지금! 지금이야! 빨리! 더 빨리!"

여왕이 외쳤다. 어찌나 빨리 달렸는지 발이 거의 땅에 닿지도 않은 채 공중을 스치듯이 나는 것만 같았다. 여왕은 앨리스가 완전히 기진맥진해지고 나서야 갑자기 멈췄다. 앨리스는 숨

이 막히고 어지러워서 땅바닥에 주저앉았다.

여왕은 나무에 기댈 수 있게 앨리스를 부축해준 다음, 친절하게 말했다.

"이제 조금 쉬어도 돼."

앨리스는 놀라서 주변을 둘러봤다.

"말도 안 돼. 계속 이 나무 아래에 있었던 거야! 모든 게 아까와 똑같아요!"

"당연하지. 그럼 어떨 거라고 생각했느냐?"

여왕이 말했다.

"제가 사는 곳에서는 오랫동안 빨리 달리고 나면 보통 다른 곳에 도착해요."

앨리스는 여전히 약간 헐떡이면서 말했다.

"정말 느린 나라구나! 여기서는 같은 장소에 있으려면 할 수 있는 한 최선을 다해 뛰어야만 하지. 만약 다른 곳에 가고 싶으면 적어도 두 배는 더 빨리 달려야 하고!"

여왕이 말했다.

"더 달리기 싫어요. 여기 그대로 있는 게 좋아요. 근데 너무 덥고 목말라요!"

앨리스가 말했다.

"네가 뭘 좋아할지 알겠다! 과자를 먹겠느냐?"

여왕이 주머니에서 작은 상자를 꺼내며 온화하게 말했다.

앨리스는 과자를 먹기 싫었지만 '아니요'라고 말하면 예의가 없는 것 같아서 과자를 받아먹었다. 정말 퍽퍽했다. 살면서 그렇게 목이 막힌 적은 처음이었다.

"네가 쉬는 동안 난 측량을 좀 해야겠구나."

여왕은 주머니에서 길이가 표시된 리본을 꺼내더니 땅을 측량하면서 여기저기 작은 말뚝을 박았다.

"2야드만 더 간 뒤에, 네가 어디로 가야 하는지 알려주마. 과자 더 먹겠느냐?"

여왕이 거리를 표시하기 위해 말뚝을 박으면서 말했다.

"아니요. 충분히 먹었어요!"

"갈증은 가셨느냐?"

앨리스는 뭐라고 대답해야 할지 몰랐다. 다행히 여왕은 대답을 기다리지 않고 계속 말을 이었다.

"3야드를 더 간 다음 다시 알려주마. 네가 잊어버릴 수도 있으니까. 4야드를 간 뒤에는 작별 인사를 할 거야. 그리고 5야드를 간 뒤에는 난 갈 거다!"

여왕은 말뚝을 모두 다 박았다. 앨리스는 여왕이 나무로 돌아왔다가, 말뚝을 꽂아놓은 줄을 따라서 천천히 걸어가는 모습을 흥미롭게 지켜봤다.

2야드가 표시된 말뚝에서 여왕이 말했다.

"졸은 처음 움직일 때 두 칸을 가니까 셋째 칸까지는 기차를 타고 아주 빨리 지나갈 거야. 그러면 순식간에 네 번째 칸에 가 있겠지. 음, 그 칸은 트위들디와 트위들덤의 땅이구나. 다섯 번째 칸은 물로 가득 차 있고. 여섯 번째 칸은 험프티 덤프티의 땅이고. 그런데 왜 아무 말이 없느냐?"

"모, 몰랐어요. 무슨 말을 해야 하는지."

앨리스가 더듬거렸다.

"넌 이렇게 말했어야 해. '이 모든 것을 알려주시다니 정말 친절하시네요'라고. 어쨌든 말했다고 치자꾸나. 일곱 번째 칸은 온통 숲으로 되어 있지. 그곳에 가면 어떤 기사가 길을 알려줄 거다. 그리고 여덟 번째 칸에서 우리 모두 여왕이 되어 축제를 즐기는 거지!"

앨리스는 일어나 무릎을 굽혀 절을 한 다음에 다시 앉았다.

여왕은 다음 말뚝에서 뒤돌아보며 말했다.

"할 말이 영어로 생각나지 않거든 프랑스어로 말하거라. 걸을 때는 팔자걸음으로 걷고, 네가 누구인지를 기억하거라!"

이번에 여왕은 앨리스가 절하는 것을 기다리지 않고 곧바로 다음 말뚝으로 재빨리 걸어갔다. 그런 다음 "잘 가거라!"라고 인사하더니 서둘러 마지막 말뚝으로 가버렸다.

여왕은 마지막 말뚝에 도착하자마자 사라져버렸다. 앨리스는 지금 무슨 일이 일어난 건지 알 수가 없었다. 공기 중으로 사라진 건지, 숲속으로 재빨리 뛰어가버린 건지 도무지 알 수가 없었다. (앨리스는 '여왕은 정말 빨리 달리잖아!'라고 생각했다.) 어쨌든 여왕은 사라졌다. 그리고 앨리스는 자신이 졸이라는 사실을 기억해냈다. 이제 움직일 시간이었다.

3

거울나라의 곤충들

당연히 처음 해야 할 일은 여행할 거울나라를 두루두루 살펴보는 거였다.

'마치 지리를 배우는 거 같아.'

앨리스는 조금이라도 더 멀리 보기 위해 까치발로 서면서 생각했다.

"큰 강들은…… 없고, 큰 산들은…… 내가 있는 여기 하나네. 근데 이름도 없는 거 같아. 큰 마을들은……, 아니, 저 아래에서 꿀을 모으고 있는 저것들은 뭐지? 벌은 아닐 거야. 1마일 이상 떨어져 있는데 설마 벌이 보이겠어."

앨리스는 그 곤충들을 보면서 한동안 아무 말 없이 서 있었다. 곤충들은 꽃들 사이를 부산스럽게 날아다니며 기다란 주둥이를 꽃에 찔러 넣었다.

'정말 보통 벌 같은데.'

앨리스는 생각했다.

하지만 그 곤충은 벌이 아니었다. 사실 코끼리였다. 이 사실을 알고 앨리스는 처음에 너무 놀라서 숨이 턱 막히는 것 같았다. 그러고는 '저게 코끼리면 꽃은 얼마나 커야 하는 거야!'라는 생각이 들었다.

"마치 지붕이 없는 작은 집에 줄기를 꽂아놓은 거 같겠지. 꿀은 또 얼마나 많이 들어 있을까! 내려가봐야겠어. 아니, 아직은 아니야."

앨리스는 언덕을 달려 내려가려다 말고 갑자기 소심해진 자신에 대한 변명거리를 찾았다.

"쟤들을 쫓을 기다란 나뭇가지가 있어야 해. 절대 그냥 내려가면 안 돼. 나중에 사람들이 산책은 어땠냐고 물어보면 '정말 좋았어요. (이 말을 하면서 앨리스는 버릇대로 머리를 살짝 치켜들었다.) 물론 날씨가 너무 덥고 먼지투성이에다가 코끼리들이 귀찮게 했지만요!'라고 대답해야지."

앨리스가 잠시 후 다시 말했다.

"다른 길로 내려가봐야겠어. 저 코끼리들은 나중에 보면 되지, 뭐. 일단 세 번째 칸에 너무 가보고 싶어!"

이런 핑계를 대면서 앨리스는 언덕을 달려 내려가서 여섯 개의 작은 개울 중에 첫 번째 개울을 뛰어넘었다.

"표 주세요!"

역무원이 창문으로 머리를 들이밀며 말했다. 순간 모두 표를 꺼내 들었다. 표는 사람만큼이나 커서 기차를 가득 채울 지경이었다.

"얘야, 네 표도 보여줘야지!"

역무원이 무서운 얼굴로 앨리스를 바라보며 말했다. 그러자 많은 목소리가 동시에 말했다.

"역무원을 기다리게 하지 마. 얘야! 이분의 시간은 1분에 1,000파운드란다!"

마치 합창이라도 하는 것 같았다.

"죄송한데 표가 없어요. 제가 온 곳에는 매표소가 없었어요."

앨리스가 떨리는 목소리로 말했다. 그러자 목소리들이 다시 합창하듯이 말했다.

"저 아이가 있던 곳에는 매표소가 없대. 그 땅은 1인치에 1,000파운드씩 하니까."

"변명하지 마. 그럼 기관사한테 표를 샀어야지."

역무원이 말했다. 그러자 다시 수많은 목소리가 합창하듯이 말했다.

"기차를 운전하는 사람 말이야. 연기 한 번 뿜는데 1,000파운드씩 하지!"

'말해봤자 소용없겠어.'

앨리스는 속으로 생각했다.

앨리스가 말을 하지 않자, 이번에는 목소리들이 끼어들지 않았다. 그런데 놀랍게도 모두 합창하듯이 '아무 말도 하지 않는 게 좋지. 말은 한 마디에 1,000파운드씩 하니까'라고 생각을 했다. ('합창하듯이 생각하다'가 뭔지는 여러분이 알아서 이해했기를 바란다. 솔직히 나도 모르니까.)

'오늘 밤 1,000파운드가 꿈에 나올 거야. 분명해!'

앨리스는 생각했다.

그동안 역무원은 앨리스를 망원경으로 봤다가 현미경으로 다시 보더니, 이제는 오페라글라스로 보고 있었다. 드디어 역무원이 다시 입을 열었다.

"엉뚱한 곳으로 가고 있군."

그러고는 창문을 닫고 가버렸다.

"어린아이는 자기 이름은 모르더라도 어디로 가는지는 알아야지!"

맞은편에 앉아 있던 신사가 앨리스에게 말했다. (그는 하얀 종이옷을 입고 있었다.)

하얀 옷을 입은 신사 옆에 앉아 있던 염소가 눈을 감고 큰 소리로 말했다.

"알파벳은 몰라도 매표소가 어디 있는지는 알아야지!"

돌아가면서 한 명씩 말하는 게 규칙인 것처럼 염소 옆에 앉아 있던 딱정벌레가 말했다. (하나같이 아주 이상한 승객들만 가득 탄 기차였다.)

"저 아이는 수화물로 보내야 해!"

앨리스는 딱정벌레 다음에 누가 앉아 있는지 보이지 않았다. 하지만 쉰 목소리가 들렸다.

"다른 기차를……."

그는 이렇게 말하고 목이 잠겼다.

'말 목소리 같아.'

앨리스는 이렇게 생각했다. 그때 누군가가 아주 작은 목소리로 앨리스의 귓가에 대고 말했다.

"말과 쉰 목소리로 말장난을 했어야지."*

그러자 멀리서 아주 점잖은 목소리가 들렸다.

"'여자아이, 취급 주의'라는 스티커도 붙여야지."

이제는 다른 여러 목소리가 들려왔다. 앨리스는 '기차에 도대체 사람들이 얼마나 많이 탄 거야!'라고 생각했다.

"쟤는 우편으로 부쳐야 해. 머리가 달려 있으니까 말이야……."

"전보로 부쳐야 해……."

"남은 길은 쟤한테 기차를 끌고 가라고 해야 해……."

이 외에도 말들이 계속 이어졌다.

그러자 하얀 옷을 입은 신사가 앞으로 몸을 숙이더니 앨리스의 귀에 대고 속삭였다.

"저들이 뭐라든지 신경 쓰지 마라, 얘야. 하지만 기차가 멈출 때마다 왕복 기차표를 사두거라."

"싫어요! 전 기차 여행을 하는 게 아니에요. 방금 전까지 숲속에 있었다고요. 할 수만 있으면 다시 돌아가고 싶어요."

---

* 영어로 '말(horse)'과 '쉰 목소리(hoarse)'가 발음이 같은 것을 이용하여 말장난을 하고 있다.

앨리스가 참지 못하고 말했다.

"'할 수 있으면 할 거야'로 말장난을 했어야지."*

누군가 작은 목소리로 앨리스의 귓가에서 속삭였다.

"그런 장난 재미없어. 그렇게 말장난이 하고 싶으면 네가 직접하든지?"

어디 있는지는 알 수 없지만 목소리가 들리는 쪽을 쳐다보면서 앨리스가 말했다.

작은 목소리가 깊은 한숨을 쉬었다. 꽤 슬픈 것 같았다. 앨리스는 '다른 사람들처럼만 한숨을 쉬었어도'라고 생각했다. 그랬다면 앨리스도 불쌍한 마음이 들어서 위로의 말을 건넸을 것이다. 그런데 그 한숨 소리는 너무도 작아서 귓가 바로 옆에서 내쉬지 않았다면 앨리스도 듣지 못했을 것이다. 그리고 한숨을 내쉴 때 귀가 너무 간지러워서 그 작은 존재가 불쌍하다는 생각이 싹 가셔버렸다.

"난 네가 친구라는 걸 알아. 소중한 오랜 친구. 비록 내가 곤충이라도 넌 날 해치지 않을 거야."

작은 목소리가 말했다.

"무슨 곤충인데?"

앨리스가 약간 걱정스럽게 물었다. 앨리스가 알고 싶었던 것

---

* 영어로 'I wish I could'와 'you would if you could'를 가지고 말장난을 하고 있다.

은 무는 곤충인지 아닌지였지만, 대놓고 물어보는 것은 예의에 어긋나는 것 같았다.

"음, 그럼 넌……."

작은 목소리가 말을 시작했지만 날카로운 기차 엔진 소리에 묻혀버렸다. 앨리스와 모두 그 소리에 깜짝 놀라 자리에서 벌떡 일어났다.

말이 창밖으로 고개를 내밀었다가 가만히 다시 고개를 바로 하고 모두에게 말했다.

"개울을 뛰어넘으려고 해요."

이 말에 모두 안심했다. 하지만 앨리스는 기차가 개울을 뛰어넘는다는 것이 약간 불안했다.

"그래도 개울을 건너고 나면 기차가 네 번째 칸에 도착하겠지. 그럼 괜찮을 거야!"

앨리스는 혼자 중얼거렸다. 다음 순간 기차가 공중으로 솟구치는 게 느껴졌다. 앨리스는 너무 놀라서 손에 잡히는 대로 아무거나 잡았다. 잡고 보니 그것은 염소의 수염이었다.

하지만 앨리스의 손이 닿자마자 염소의 수염은 사라져버렸고, 앨리스는 나무 아래에 혼자 앉아 있었다. 각다귀(앨리스와 대화를 한 곤충이 바로 각다귀였다)가 앨리스 바로 위 나뭇가지에서 균형을 잡으면서 날개로 부채질을 해주고 있었다.

정말로 커다란 각다귀였다.

'크기가 닭만 하잖아.'

앨리스가 생각했다. 오래 함께 이야기를 나눈 뒤여서 그런지 그다지 무섭지 않았다.

"그럼 넌 곤충은 다 싫어하는 거야?"

각다귀가 아무 일도 없었다는 듯이 차분하게 물었다.

"말하는 곤충은 좋아. 내가 살던 곳에서는 말하는 곤충을 본 적이 없거든."

앨리스가 말했다.

"넌 네가 살던 곳에서 어떤 곤충을 좋아했어?"

각다귀가 물었다.

"난 곤충을 안 좋아해. 사실 좀 무서워. 특히 커다란 곤충들은 더 그래. 하지만 곤충 이름은 몇 개 알고 있어."

앨리스가 말했다.

"그 곤충들은 자기 이름을 부르면 당연히 대답은 하지?"

각다귀가 대수롭지 않게 물었다.

"대답을 하는 곤충은 한 마리도 못 봤는데."

"그럼 이름이 무슨 소용이야? 대답도 못하는데."

각다귀가 말했다.

"곤충들한테는 소용없을 수도 있지. 근데 그 이름을 지어준 사람들한테는 쓸모가 있지 않을까? 안 그러면 뭐 하러 이름을 지었겠어?"

"글쎄, 모르겠다. 저 아래쪽 숲속에 사는 곤충들은 이름이 없거든. 어쨌든 네가 아는 곤충들 이름을 말해봐. 괜히 시간만 버리지 말고."

각다귀가 말했다.

"음, 말파리가 있고."

앨리스가 손가락으로 꼽아가며 곤충 이름을 대기 시작했다.

"좋아. 저 수풀 중간쯤에 흔들목마파리가 있을 거야. 흔들목마파리는 온몸이 나무로 되어 있고 흔들흔들하면서 나무와 나무 사이를 건너다녀."

각다귀가 말했다.

"그 곤충은 뭘 먹고 사는데?"

앨리스가 호기심에 물어봤다.

"수액과 톱밥을 먹고 살지. 또 다른 곤충 이름을 대봐."

각다귀가 말했다.

앨리스는 흥미롭게 흔들목마파리를 바라봤다. 방금 칠을 했는지 색이 선명했고 끈적거려 보였다. 앨리스는 계속 말을 이었다.

"잠자리도 있어."

"네 머리 위 나뭇가지를 봐봐. 스냅드래건잠자리*가 보일 거야. 몸은 건포도 푸딩으로 되어 있고 날개는 호랑가시나무 이파리로 되어 있지. 그리고 머리는 브랜디를 부어 불을 붙인 건포도로 되어 있어."

각다귀가 말했다.

"스냅드래건잠자리는 뭘 먹고 살아?"

앨리스가 물어봤다.

"우유 밀죽과 민스파이**를 먹고 살아. 그리고 크리스마스 선물 상자 안에 둥지를 틀지."

---

* 영어의 'dragonfly'와 'snap-dragon'에서 따와 'snap-dragon-fly'라고 말을 만들었다. 그리고 '스냅드래건'은 영국 아이들이 크리스마스 때 건포도에 브랜디를 부은 다음, 불을 붙여 먹는 놀이이다.

** 영국에서 전통적으로 크리스마스 때 먹는 파이이다.

각다귀가 대답했다.

"또 나비가 있어."

앨리스는 머리에서 불이 솟아오르는 스냅드래건잠자리를 자세히 살펴본 뒤 계속 말했다.

'그래서 곤충들이 촛불로 날아드는 건가? 스냅드래건잠자리처럼 되고 싶어서!'

앨리스는 생각했다.

"발밑을 봐봐."

각다귀가 말했다. (앨리스는 깜짝 놀라 발을 뒤로 뺐다.)

"버터빵나비*가 보일 거야. 날개는 얇게 자른 버터 바른 빵이

* 영어의 'butterfly'와 'bread-and-butter'에서 따와 'bread-and-butterfly'라고 말을 만들었다.

고 몸은 빵 껍질로 되어 있어. 머리는 각설탕이야."

"이 곤충은 뭘 먹고 살아?"

"크림을 넣은 연한 차를 먹고 살아."

앨리스의 머릿속에 새로운 걱정이 떠올랐다.

"만약 크림을 넣은 차가 없으면?"

앨리스가 물었다.

"그럼 당연히 죽겠지."

"그런 일이 자주 있을 텐데."

앨리스가 생각에 잠겨 말했다.

"늘 있지."

각다귀가 말했다.

이 말을 듣고 앨리스는 한동안 생각에 잠겼다. 그동안 각다귀는 앨리스 머리 주변을 윙윙거리며 즐겁게 날아다녔다. 마침내 각다귀가 다시 나뭇가지에 앉아 말했다.

"네 이름을 잃어버리고 싶지는 않지?"

"당연하지."

앨리스가 약간 걱정스럽게 대답했다.

"음, 나도 잘 모르지만 이름 없이 집에 돌아가면 얼마나 편할지 한번 생각해봐! 예를 들어, 가정교사가 수업을 하려고 널 부를 때 '이리 와, ……' 하다가 말을 멈춰야 할걸. 딱히 부를 이름이 없으니까. 당연히 넌 수업에 안 가도 되는 거지."

각다귀가 무심한 목소리로 말했다.

"그런 일은 절대 없을걸. 절대 그런 이유로 수업을 빼먹지는 않을 거야. 만약 선생님이 내 이름을 기억하지 못한다면 하인들처럼 그냥 '아가씨'라고 부르겠지."

앨리스가 말했다.

"음, 만약에 선생님이 아가씨라고 불렀는데도 네가 아무 대답을 안 하면, 당연히 수업을 빼먹는 거지.* 이게 바로 말장난이야. 네가 이 말장난을 했으면 좋았을 텐데."

각다귀가 말했다.

"너는 왜 내가 그런 말장난을 했으면 하는데? 별로 재치 있

---

* 영어로 '아가씨(Miss)'와 '빼먹다(miss)'의 발음이 같은 것을 이용하여 말장난을 하고 있다.

는 말장난도 아니잖아."

앨리스가 말했다.

각다귀의 두 뺨에 굵은 눈물이 흘러내렸고 곧 깊은 한숨을 내쉬었다.

"말장난 때문에 그렇게 슬픈 거면 넌 말장난을 안 하는 게 좋겠어."

앨리스가 말했다.

그러자 각다귀는 다시 우울하게 한숨을 내쉬었다. 이번에는 정말 불쌍한 각다귀가 멀리서 한숨을 쉬는 것 같아서 위를 올려다봤다. 하지만 나뭇가지 위에는 아무것도 없었다. 앨리스는 너무 오랫동안 가만히 앉아 있었더니 으슬으슬 추워져서 일어나 걷기 시작했다.

금방 너른 들판에 닿았다. 들판 맞은편에는 숲이 있었는데, 아까 지나온 숲보다 더 어두워 보여서 들어가기가 무서웠다. 하지만 다시 한번 생각해보고 들어가기로 마음먹었다.

'다시 되돌아갈 것도 아니잖아.'

앨리스는 생각했다. 그 길이 여덟 번째 칸으로 가는 유일한 길이었다.

"여기가 이름 없는 생물이 산다는 숲일 거야."

앨리스는 생각에 잠겨 혼자 중얼거렸다.

"저기로 들어가면 내 이름은 어떻게 될까? 이름을 잃고 싶지는 않은데. 이름이 없어지면 사람들이 별로 안 예쁜 이름을 다시 지어줄 게 분명해. 근데 내 이름과 같은 이름을 가진 동물을 만나면 얼마나 재미있을까! 사람들이 개를 잃어버렸을 때 내는 광고랑 비슷할 거 같아. '쇠로 된 개 목걸이를 하고 있습니다. 대시라고 부르면 대답을 합니다' 같은. 만나는 모든 것한테 '앨리스' 하고 불러보는 거야. 그중 하나가 대답할 때까지 말이야. 하지만 똑똑한 애들이라면 절대 대답하지 않겠지."

앨리스는 이렇게 주절주절 떠들어대면서 숲에 도착했다. 숲은 그늘져서 아주 시원해 보였다.

"어쨌든 아주 시원하네."

앨리스는 나무 아래로 걸어 들어가면서 말했다.

"너무 더웠는데, 음, 여기로 들어오니까……. 근데 여기가 뭐더라?"

앨리스는 단어가 생각나지 않아서 깜짝 놀랐다.

"음, 이거 아래……, 음, 이거…… 아래로 들어왔다고!"

앨리스는 손으로 나무 몸통을 짚으면서 말했다.

"이걸 뭐라고 부르더라? 음, 이름이 없나 봐. 분명히 이름이 없을 거야."

앨리스는 한동안 가만히 서서 생각에 잠겼다가 다시 입을 열었다.

"정말로 이름을 잃어버렸어. 그럼 난 누구지? 기억해낼 거야! 꼭 그럴 거야!"

하지만 이런 결심도 아무 소용없었다. 앨리스는 한참 생각한 후에 겨우 이 말만 했다.

"엘(L), 맞아. 엘로 시작하는 이름이었어!"*

마침 그때 아기 사슴이 다가왔다. 아기 사슴은 전혀 무서워하지 않은 채 커다랗고 순한 눈으로 앨리스를 쳐다봤다.

"이리 와! 이리 오렴!"

앨리스가 손을 내밀고 쓰다듬으려 했다. 하지만 사슴은 약간 뒤로 물러서서 가만히 쳐다보기만 했다.

"넌 이름이 뭐야?"

드디어 아기 사슴이 물어봤다. 정말 부드럽고 달콤한 목소리였다!

'나도 알고 싶어!'

불쌍한 앨리스가 속으로 생각했다. 그리고 슬픈 목소리로 대답했다.

"지금은 이름이 없어."

"생각해봐! 그럴 리가 없어."

아기 사슴이 말했다.

앨리스는 생각해봤지만 아무것도 떠오르지 않았다.

---

* 앨리스는 'A'로 시작한다.

“네 이름이 뭔지 알려줄 수 있어? 그러면 혹시 나도 생각날지 몰라.”

앨리스가 쭈뼛거리며 물었다.

“그럼 조금 더 가서 말해줄게. 나도 여기서는 생각이 안 나.”

앨리스와 사슴은 함께 숲속을 걸었다. 앨리스는 아기 사슴의 부드러운 목을 다정하게 팔로 감싸고 걸었다. 넓게 트인 들판에 다다르자, 아기 사슴이 갑자기 펄쩍 뛰면서 몸을 흔들어 앨리스의 팔에서 빠져나왔다.

“난 아기 사슴이야!”

사슴이 기쁜 목소리로 말했다.

“그런데 너! 너 사람 아이잖아!”

갑자기 사슴의 아름다운 갈색 눈동자에 놀란 빛이 보이더니, 전속력으로 바로 도망쳐버렸다.

앨리스는 그 모습을 그저 바라만 봤다. 그리고 갑자기 소중한 길동무를 잃어버렸다는 생각에 속상해서 눈물이 나오려고 했다.

“그래도 이제 내 이름을 알아. 그나마 다행이야. 앨리스, 앨리스. 다시는 까먹지 말아야지. 근데 어떤 표지판을 따라가야 하는 거지?”

앨리스가 말했다.

어느 표지판을 따라가야 할지 결정하는 것은 어렵지 않았다.

숲속에는 길이 하나밖에 없었고 표지판 두 개가 모두 그 하나의 길을 가리키고 있었다.

"길이 갈라지고 표지판이 각기 다른 길을 가리키면 그때 결정해야지."

하지만 그런 일은 일어나지 않았다. 앨리스는 길을 따라 계속 걸어갔지만, 길이 갈라질 때마다 표지판은 언제나 같은 하나의 길을 가리켰다. 표지판 하나는 '트위들덤의 집으로 가는 길', 다른 하나는 '트위들디의 집으로 가는 길'이라고 표시되어 있었다.

"이제 알겠다. 저 둘은 같은 집에 사는 거야! 왜 그 생각을 하지 못했지? 저 집에 오래 있지는 못할 테니까, 잠깐 들러서 '안녕하세요!' 하고 인사한 다음에 숲에서 나가는 길을 물어봐야겠다. 어두워지기 전에 여덟 번째 칸에 도착하면 좋을 텐데!"

앨리스가 혼잣말을 하며 계속 걸었다. 그러다 모퉁이를 돌았더니, 갑자기 키가 작고 뚱뚱한 남자 둘이 나타났다. 앨리스는 깜짝 놀라 뒤로 물러섰다. 하지만 다음 순간 그들이 그들인 것을 알아차렸다.

4

트위들덤과 트위들디

그들은 어깨동무를 하고 나무 아래에 서 있었다. 옷깃에 한 명은 '덤', 다른 한 명은 '디'라고 수놓아져 있어서 앨리스는 금방 누가 누군지 알 수 있었다.

"둘 다 목 뒤 옷깃에는 '트위들'이라고 수놓아져 있겠지."

앨리스가 혼잣말을 했다.

둘 다 꼼짝 않고 서 있어서 앨리스는 그들이 살아 있다는 사실을 깜박 잊어버리고, 뒤로 돌아가서 옷깃 뒤쪽에 '트위들'이라고 적혀 있는지 보려고 했다. 그런데 '덤'이라고 적혀 있던 사람이 갑자기 말을 해서 앨리스는 깜짝 놀랐다.

"우리가 밀랍 인형이라고 생각한다면 넌 돈을 내야 해. 밀랍 인형은 공짜로 보라고 만들어진 게 아니니까. 절대 아니지!"

덤이 말했다.

“반대로 우리가 살아 있다고 생각한다면 넌 말을 해야 해.”

‘디’라고 적힌 사람이 말했다.

“미안해.”

앨리스는 그 말밖에 할 수 없었다. 시계가 똑딱이듯이 머릿속에서 전래 동요가 흘러나왔기 때문이다. 결국 앨리스는 전래 동요를 큰 소리로 부르고 말았다.

트위들덤과 트위들디는
싸우기로 했다네
트위들덤은 트위들디가

새 딸랑이를 망가뜨렸다고 했지
그때 연탄처럼 새까만
무시무시한 까마귀가 날아왔다네
너무 놀란 두 영웅은
싸우는 것도 잊어버렸지

"난 네가 무슨 생각을 하는지 알아. 하지만 그렇지 않아. 절대 아니지."

트위들덤이 말했다.

"반대로 만약 그렇다면 그럴 거야. 만약 그랬다면 그랬을 거고. 하지만 그렇지 않으면 그렇지 않은 거지. 이게 바로 논리라는 거야."

트위들디가 말했다.

"난 이 숲에서 나갈 가장 좋은 방법이 뭘까 생각하고 있었어. 점점 어두워지고 있어서. 길을 좀 알려줄래?"

앨리스가 아주 공손하게 말했다.

하지만 키가 작은 두 형제는 서로 마주 보며 씩 웃기만 할 뿐이었다. 그들은 마치 몸집이 큰 남학생 같아서 앨리스는 트위들덤을 손가락으로 가리키면서 "첫 번째 학생!" 하고 말할 수밖에 없었다.

"절대 아니지!"

트위들덤이 큰 소리로 외치고는 입을 딱 닫았다.

"다음 학생!"

앨리스가 트위들디를 보며 말했다. 앨리스는 트위들디가 분명히 "반대로!"라고 소리칠 거라고 생각했고, 트위들디는 그렇게 했다.

"틀렸어! 사람을 처음 만나면 '안녕하세요!'라고 인사하고 악수를 해야지!"

트위들덤이 외쳤다.

두 형제는 어깨동무를 한 채 앨리스와 악수하려고 각자 손을 내밀었다.

앨리스는 둘 중 하나가 상처받을까 봐 한 명과 먼저 악수를 할 수가 없었다. 그래서 그 어려움을 벗어날 가장 좋은 방법으로 동시에 둘의 손을 잡았다. 그다음에 셋은 원을 그리며 빙빙 돌았다. 그 행동은 아주 자연스러웠고(어쨌든 앨리스는 그렇게 기억했다) 음악 소리가 들렸지만 전혀 놀라지도 않았다. 음악 소리는 그들이 춤을 추고 있던 나무 위에서 들려오는 것 같았다. (앨리스가 듣기에는) 나뭇가지들이 서로 몸을 부비면서 마치 바이올린을 켜는 듯한 소리를 냈다.

"근데 진짜 재미있었어. 내가 '뽕나무를 빙글빙글 돌며'라는 노래를 부르고 있더라니까. 언제부터 그 노래를 불렀는지 모르겠는데, 아무튼 내 느낌에 꽤 오랫동안 부른 거 같아!"

(앨리스는 나중에 언니에게 이 모든 이야기를 해주며 이렇게 말했다.)

앨리스와 함께 춤을 추던 나머지 둘은 뚱뚱해서인지 금방 숨이 찼다.

"한 번 춤출 때 네 바퀴 돌면 충분해."

트위들덤이 헉헉거리면서 말한 다음, 처음 춤을 시작했을 때처럼 갑자기 춤을 멈췄다. 음악도 춤과 동시에 끝이 났다.

트위들덤과 트위들디는 앨리스의 손을 놓고 한동안 가만히 앨리스를 쳐다봤다. 약간 어색한 기운이 감돌았다. 앨리스는 조금 전까지 함께 춤을 췄던 사람들과 무슨 말을 어떻게 시작해야 할지 몰라 난감했다.

"이제 와서 '안녕하세요!'라고 말할 수도 없잖아. 이미 그 단계는 지났지!"

앨리스는 혼자 중얼거렸다.

"피곤하지 않니?"

드디어 앨리스가 입을 열었다.

"절대 아니지. 아주 고마워, 물어봐줘서."

트위들덤이 말했다.

"정말 고마워! 근데 너 시 좋아해?"

트위들디가 물었다.

"으음, 어떤 시들은…… 꽤 좋아해. 그럼, 이제 숲에서 나가려면 어디로 가야 하는지 알려줄래?"

앨리스가 머뭇거리면서 말했다.

"재한테 무슨 시를 읊어줄까?"

트위들디가 앨리스의 말을 무시한 채 진지하게 트위들덤을 돌아보며 말했다.

"〈바다코끼리와 목수〉가 가장 길어."

트위들덤이 트위들디를 다정하게 껴안으며 말했다.

트위들디는 바로 시를 읊기 시작했다.

태양은 바다 위에서……

"만약 시가 아주 길면 숲에서 나가는 길 먼저 알려주면……."

앨리스는 용기를 내어 불쑥 끼어들면서 최대한 공손하게 말했다. 하지만 트위들디는 다정하게 웃더니 다시 시를 읊기 시작했다.

태양은 바다 위에서 빛나네
온 힘을 다해 빛을 비추네
태양은 최선을 다해
파도를 부드럽고 반짝이게 만들었지
이건 이상한 일이었어. 왜냐하면,

그때는 한밤중이었으니

달은 뾰로통하게 빛나네
한낮이 지났는데 태양이
거기 있을 이유가 없다고 생각했지
"정말 무례하군
여기 나와서 나의 밤을 망치다니!"
달은 말했네

바다는 젖을 대로 젖었고
모래는 마를 대로 말랐지
구름 한 점 볼 수 없었어. 왜냐하면,
하늘에 구름이 없었으니까
어떤 새들도 하늘을 날지 않았지
날아갈 새들이 없었으니까

바다코끼리와 목수는
손을 잡고 걸었네
그들은 모래가 산처럼 쌓여 있는 것을 보고
앞이 안 보일 정도로 울었다네
그들은 말했지

"이 모래만 치우면 정말 멋질 텐데!"

"만약 일곱 개의 빗자루를 든 일곱 명의 하녀가
반년 동안 쓸면
깨끗해질 거라고 생각하니?"
바다코끼리가 물었지
"글쎄"
목수는 대답하고 쓰디쓴 눈물을 쏟아냈네

"오 굴들아, 와서 같이 걷자!"
바다코끼리는 애원했네
"짜디짠 해변을 따라
즐거운 대화를 나누며 신나는 산책을 하자
네 명 이상은 나란히
손을 잡고 갈 수 없어"

가장 나이 많은 굴이 바다코끼리를 보았지
하지만 아무 말도 하지 않았어
가장 나이 많은 굴은 윙크하고
무거운 머리를 가로저었네
그것은 굴 바위를
떠나지 않겠다는 의미였지

하지만 네 마리의 어린 굴들은 서둘러
초대에 응하고 싶어 했네
껍질을 문지르고 세수도 하고
신발도 깨끗하고 단정하게 했지
이건 이상한 일이었어. 왜냐하면,
굴은 발이 없으니까

네 마리의 굴이 그들을 따라갔네
그리고 다른 네 쌍이 그 뒤를 따라갔고
또 다른 네 쌍도
결국 굴들은 떼 지어 빠르게 따라갔지
그리고 더 더 더 많은 굴들이
물거품이 이는 파도를 폴짝폴짝 뛰어서
서로 엉켜서 해변으로 나왔네

바다코끼리와 목수는
일 킬로미터 정도 걸었네
그런 다음 낮은 바위 위에 앉아
편하게 쉬었네
어린 굴들은
한 줄로 서서 기다렸네

"많은 것을 이야기할 시간이 됐군"
바다코끼리가 말했네
"신발과 배와 봉랍에 대해
양배추와 왕들에 대해
바다는 왜 뜨겁게 끓어오르나
돼지는 날개가 있나 없나"

"하지만 이야기를 시작하기 전에
잠깐만 기다려요"
굴들이 외쳤네
"우리 모두 살이 올라서
숨이 찬 굴들도 있어요!"
"서두를 것 없어!"
목수가 말했지
굴들은 목수에게 아주 고마워했네

바다코끼리가 말했지
"빵 한 조각이 필요해
후추와 식초도 곁들이면

정말로 좋겠지
이제 굴들아, 준비되었으면
먹기 시작하자"

"우리를 먹으면 안 돼요!
그렇게 상냥하게 굴더니
이렇게 못된 짓을 하다니!"
굴들은 약간 사색이 되어 외쳤네
"멋진 밤이야
경치가 아름답지 않니?"
바다코끼리가 말했지

"와줘서 정말 고마워!
너희는 정말 착해!"
목수는 그저 이렇게 말했네
"빵 좀 줘
귀먹었니?
두 번이나 말했잖아!"

"부끄러운 일이야
굴들을 이렇게 갖고 놀다니

이렇게 멀리까지 데려와서
그렇게 빨리 뛰게 하고!"
바다코끼리가 말했네
"버터가 너무 두껍게 발렸잖아!"
목수는 그저 이 말만 했지

"너희를 위해 애도할게
정말 가슴이 아파"
바다코끼리가 말했지
그는 울면서 가장 큰 굴을 골라냈네
눈물이 흐르는 눈에 손수건을 대고서

"오, 굴들아
달리기는 즐거웠지!
다시 집으로 뛰어갈까?"
목수가 말했지
하지만 아무도 대답하지 않았네
무섭도록 이상한 일이었지
모두 먹혀버렸기 때문이었네

"난 바다코끼리가 더 좋아. 그래도 가여운 굴들한테 조금이라도 미안해하잖아."

앨리스가 말했다.

"그렇지만 반대로 바다코끼리는 목수보다 굴을 더 많이 먹었어. 바다코끼리가 손수건으로 가리고 있어서 목수는 그가 몇 개를 먹었는지 셀 수 없었지."

트위들디가 말했다.

"정말 못됐다! 그럼 목수가 더 좋아. 만약 바다코끼리보다 적게 먹었다면 말이야."

앨리스가 화를 내며 말했다.

"하지만 목수도 먹을 수 있는 한 양껏 먹었을걸."

트위들덤이 말했다.

정말 어려웠다. 잠시 생각한 후에 앨리스가 말했다.

"음! 내가 보기에 둘 다 마음에 안 들어!"

이때 무슨 소리가 들려서 앨리스는 화들짝 놀랐다. 근처 숲 속에서 기차 화통 삶아먹은 것 같은 소리가 들렸다. 야생 동물의 소리 같아서 앨리스는 무서웠다.

"여기 사자나 호랑이가 살고 있어?"

앨리스가 겁먹은 목소리로 물어봤다.

"붉은 왕이 코 고는 소리야."

트위들디가 말했다.

"왕을 보러 가자!"

두 형제가 외쳤다. 그들은 앨리스의 손을 하나씩 잡고 왕이 잠자고 있는 곳으로 끌고 갔다.

"자는 모습이 정말 사랑스럽지?"

트위들덤이 물었다.

앨리스는 차마 솔직하게 말할 수가 없었다. 붉은 왕은 술이 달린 기다란 빨간 수면 모자를 쓰고 아무렇게나 쌓아놓은 자루처럼 몸을 웅크린 채, 트위들덤의 말처럼 '머리가 떨어져나가라' 코를 골며 자고 있었다.

"저렇게 축축한 풀밭에서 자다가 감기라도 걸리면 어떡해."

사려 깊은 소녀인 앨리스가 말했다.

"왕은 지금 꿈을 꾸고 있는 거야. 무슨 꿈을 꾸는 걸까?"

트위들디가 말했다.

"그건 아무도 모르지."

앨리스가 말했다.

"바로 너에 대한 꿈이야! 왕이 꿈에서 깨면 넌 어떻게 될 거 같아?"

트위들디가 의기양양하게 손뼉을 치며 외쳤다.

"당연히 여기 그대로 있겠지."

앨리스가 말했다.

"아니! 넌 어디에도 없을걸. 왜냐하면 넌 왕의 꿈속에 나오는 사람이니까!"

트위들디가 거만하게 쏘아붙였다.

"왕이 잠에서 깨면 넌 사라질 거야! 휙! 촛불이 꺼지듯이!"

트위들덤이 말했다.

"아니야! 내가 왕의 꿈속에 나오는 사람이면 너희는 뭔데? 얘기해봐!"

앨리스가 화가 나서 소리쳤다.

"이하동문!"

트위들덤이 말했다.

"이하동문, 이하동문!"

트위들디가 말했다.

"쉿! 시끄러워서 왕이 깨면 어떻게 하려고."

트위들디가 너무 크게 말해서 앨리스가 이렇게 말했다.

"음, 네가 어떻게 하든지 왕은 너 때문에 잠에서 깨지 않아. 넌 그냥 왕의 꿈속에 나오는 사람이니까. 네가 진짜 사람이 아닌 거 너도 알잖아."

트위들덤이 말했다.

"난 진짜야!"

앨리스가 울먹이면서 말했다.

"운다고 진짜가 되는 건 아니야. 울 필요 없다고."

트위들디가 말했다.

"내가 진짜가 아니면 울지도 못하겠지."

앨리스는 울다가 웃으면서 말했다. 이 모든 상황이 어이가 없었다.

"그게 진짜 눈물이라고 생각하는 건 아니지?"

트위들덤이 무시하듯이 말했다.

'지금 쟤들이 말도 안 되는 소리를 하는 거야. 그러니까 이런 일로 우는 건 바보 같은 짓이야.'

앨리스는 속으로 생각했다. 그러고는 눈물을 닦고 가능한 한 쾌활하게 말했다.

"어쨌든 숲에서 나가는 게 좋겠어. 점점 어두워지고 있잖아. 비가 오려나?"

트위들덤이 위를 올려다보며 자신과 트위들디 위로 큰 우산을 폈다.

"아니, 비는 안 올 거야. 적어도 우산 안은! 절대 아니지."

트위들덤이 말했다.

"그럼, 우산 밖은 비가 올까?"

앨리스가 물었다.

"올 테면 오라지. 반대로, 우린 상관없어."

트위들디가 말했다.

'정말 이기적이야!'

앨리스는 생각했다. 앨리스가 "잘 있어!" 하고 막 떠나려는데 트위들덤이 우산 아래로 손을 뻗어 앨리스의 손목을 잡았다.

"저거 보여?"

트위들덤이 감정이 격해진 듯 목멘 소리로 말했다. 그리고 눈이 커지고 노래져서 떨리는 손가락으로 나무 아래에 있는 작고 하얀 것을 가리켰다.

"그냥 딸랑이잖아."

앨리스가 작고 하얀 것을 자세히 보면서 말했다.

"방울뱀이 아니야. 그냥 낡은 딸랑이야. 오래돼서 망가진 딸랑이일 뿐이야."

앨리스는 트위들덤이 무서워서 그런다고 생각하여 서둘러 덧붙였다.

"그럴 줄 알았어!"

트위들덤이 거칠게 발을 막 구르더니 머리를 쥐어뜯으면서

소리쳤다.

"그래, 망가졌겠지!"

트위들덤이 이 말을 하면서 트위들디를 째려봤다. 트위들디는 갑자기 바닥에 주저앉더니 우산 아래로 몸을 숨기려고 버둥거렸다.

앨리스는 트위들덤의 팔에 손을 얹고 달래듯이 말했다.

"그냥 낡은 딸랑이라니까. 화내지 마."

"그건 낡은 게 아니야!"

트위들덤이 전보다 더 화를 내며 외쳤다.

"새것이라고. 내가 어제 새로 산 딸랑이란 말이야!"

이제는 거의 비명을 지르듯이 말했다.

트위들덤이 그러는 동안 트위들디는 우산 속으로 들어가서 우산을 접으려고 애를 쓰고 있었다. 그 모습이 어찌나 기이한지 앨리스는 화가 난 트위들덤보다 트위들디에게 정신이 팔려 있었다. 우산은 트위들디의 생각대로 되지 않았고, 결국 머리는 밖에 내놓고 몸만 우산에 접힌 채 우산과 한 몸이 되어 데굴데굴 굴러갔다. 트위들디는 저쪽에 누워서 입과 눈만 껌뻑거렸다. 앨리스는 '완전 물고기 같네'라고 생각했다.

"너도 물론 전투에 동의하지?"

트위들덤이 약간 가라앉은 목소리로 말했다.

"그래. 다만 우리가 옷 입는 걸 재가 도와줘야 해."

트위들디가 우산 속에서 기어 나오면서 부루퉁한 얼굴로 대답했다.

두 형제는 서로 손을 잡고 숲속으로 들어가더니, 잠시 후에 한 아름씩 물건들을 안고 돌아왔다. 긴 베개와 담요, 벽난로 앞에 까는 깔개, 식탁보, 접시 덮개, 석탄통 같은 것들이었다.

"너 핀 꽂고 끈으로 묶는 거 할 줄 알지? 가져온 이것들로 어떻게든 해봐."

트위들덤이 말했다.

나중에 앨리스는 살면서 그런 호들갑은 처음 봤다고 말했다. 두 형제는 그 많은 것을 몸에 걸치고는 끈을 조여달라, 단추를 채워달라며 부산을 떨었다. 트위들디는 '머리가 잘려나가지 않게' 베개를 목에 둘러달라고 했다.

'준비를 다 하고 나면 완전히 무슨 헌옷 꾸러미 같겠어.'

앨리스는 트위들디의 목에 긴 베개를 둘러주며 혼자 중얼거렸다.

"너도 알겠지만 전투를 하다 가장 심각한 일은 머리가 잘려나가는 거야."

트위들디가 진지하게 말했다.

앨리스는 웃음보가 터졌지만 트위들디가 상처받을까 봐 기침을 하는 척했다.

"나 창백해 보여?"

트위들덤이 투구를 쓰며 물었다. (그는 냄비를 투구라 불렀다.)

"음, 응, 약간."

앨리스가 다정하게 대답했다.

"평소에는 아주 용감한데, 오늘은 좀 두통이 있어."

트위들덤이 목소리를 낮춰 말했다.

"난 이가 아파! 내가 너보다 훨씬 안 좋다고!"

트위들디가 트위들덤의 말을 듣고 소리를 질렀다.

"그럼 오늘은 안 싸우는 게 좋겠어."

앨리스는 화해할 좋은 기회라고 생각하고 말했다.

"조금이라도 싸워야 해. 나야 오래 싸워도 상관없지만. 그런데 지금 몇 시야?"

트위들덤이 물었다.

"4시 반이야."

트위들디가 시계를 보고 말했다.

"그럼 6시까지 싸우자. 그런 다음 저녁을 먹자."

트위들덤이 말했다.

"좋아. 넌 우릴 지켜보고 있어. 가까이 오지 않는 편이 좋을 거야. 보통 난 흥분하면 보이는 모든 걸 다 때리거든."

트위들디가 좀 슬픈 목소리로 말했다.

"보이든 안 보이든 나도 손에 닿는 모든 건 다 쳐버리지."

트위들덤이 외쳤다.

"그럼 분명히 나무를 많이 때리겠네."

앨리스가 웃으며 말했다.

"우리가 싸움을 끝낼 때쯤에는 저 멀리까지 남아 있는 나무가 없을걸!"

트위들덤이 만족스러운 미소를 지으면서 트위들디의 주변을 둘러보며 말했다.

"겨우 딸랑이 때문에!"

앨리스는 그런 사소한 일로 싸우는 것에 작은 부끄러움이라도 느끼기를 바랐다.

"나도 새것만 아니었으면 신경 안 썼을 거라고."

트위들덤이 말했다.

'무서운 까마귀라도 왔으면!'*

앨리스는 생각했다.

"칼이 하나밖에 없지만 넌 우산을 가지고 있으니까. 우산은 아주 뾰족하잖아. 빨리 시작하자. 점점 어두워지고 있잖아."

트위들덤이 트위들디에게 말했다.

"더 어두워졌어."

트위들디가 말했다.

갑자기 너무 어두워져서 앨리스는 곧 천둥번개와 함께 폭우가 쏟아질 거라고 생각했다.

"먹구름이 정말 두텁게 꼈는데! 아주 빨리 다가오고 있어! 날개라도 달린 거 같아!"

앨리스가 말했다.

"까마귀가 온다!"

트위들덤이 놀라서 날카로운 목소리로 외쳤다. 두 형제는 걸음아 날 살려라 순식간에 도망쳐버렸다.

앨리스는 숲속으로 조금 달려가서 커다란 나무 아래에 멈춰 섰다.

'여기까지는 못 따라오겠지. 나무 사이를 비집고 들어오기에

---

* 여기서 까마귀는 '구름(cloud)'을 뜻한다. 영어로 'cloud come'을 발음이 비슷한 'crow would come'으로 말장난을 하고 있다.

는 몸집이 너무 크니까 말이야. 날개를 저렇게 퍼덕거리지 않았으면 좋겠는데. 저러니까 숲속에 폭풍이 일잖아. 근데 저기 누군가의 솥이 날아가네!'

5

양털과 물

앨리스는 숄을 붙잡고 숄의 주인을 찾아 두리번거렸다. 그때 하얀 여왕이 하늘을 날듯이 양팔을 벌리고 숲을 가로지르며 미친 듯이 달려 나왔다. 앨리스는 숄을 들고 아주 예의 바르게 하얀 여왕에게 다가갔다.

"제가 마침 이 길을 지나가게 되어 정말 다행이에요."

여왕이 숄을 두르는 것을 도와주면서 앨리스가 말했다.

하얀 여왕은 겁에 질린 듯 힘없는 눈빛으로 앨리스를 가만히 바라보더니, '버터빵, 버터빵' 같은 말을 혼자 중얼거렸다. 앨리스는 뭔가 대화를 하려면 자기가 먼저 시작해야 할 것 같아서, 조심스럽게 물었다.

"제가 지금 말을 건넨 분이 하얀 여왕님 맞으시죠?"

"음, 그래. 네가 옷을 입혀주고 싶다면 그러거라. 내 뜻은 전혀 아니지만."*

하얀 여왕이 말했다.

앨리스는 대화의 시작부터 논쟁하고 싶지 않아서 미소를 지으며 말했다.

"여왕 폐하께서 바르게 옷 입히는 방법을 알려주시면 최선을 다해 그렇게 하겠습니다."

"난 전혀 그러고 싶지 않구나! 지금까지 두 시간 동안 혼자서 옷을 입었다고."

어딘지 안쓰러워 보이는 하얀 여왕이 짜증스러운 목소리로 말했다.

앨리스가 보기에 여왕은 다른 사람이 옷 입는 것을 도와주는 게 좋을 거 같았다. 여왕의 옷차림은 끔찍할 정도로 엉망이었다.

'모든 게 다 삐뚤빼뚤하잖아. 게다가 온통 핀투성이야!'

앨리스는 속으로 생각했다.

"제가 숄을 똑바로 입혀드려도 될까요?"

앨리스가 큰 목소리로 물었다.

"나도 숄이 왜 이렇게 됐는지 모르겠구나! 아무래도 숄이 화가 났나 봐. 여기에도 핀을 꽂고 저기에도 핀을 꽂았는데, 다 마

---

* 하얀 여왕이 'addressing(말을 건네다, 언급하다)'을 'a-dressing(옷을 입히다)'으로 잘못 이해했다.

음에 안 들어!"

여왕이 우울한 목소리로 말했다.

"핀을 한쪽에만 꽂으면 숄이 똑바로 되지 않아요. 근데 여왕님, 머리가 왜 이래요?"

앨리스가 다정하게 핀을 제대로 꽂아주면서 말했다.

"둥근 브러시가 머리카락 안에 엉켜 있어서 그래. 어제 일자

빗을 잃어버렸거든."

여왕이 한숨을 쉬며 말했다.

앨리스가 조심스럽게 브러시를 빼내고는 최대한 단정하게 머리를 정리해주었다. 그리고 핀을 모두 다시 꽂아주었다.

"이제 좀 낫네요! 아무래도 여왕님은 시녀가 있어야겠어요!"

"내 너를 시녀로 삼겠노라! 일주일에 2펜스와 이틀에 한 번씩 잼을 주겠노라."

여왕이 말했다.

"전 시녀가 되고 싶지 않아요. 그리고 잼도 필요 없어요."

앨리스가 웃음을 터뜨리며 말했다.

"정말 맛있는 잼이란다."

여왕이 말했다.

"음, 어쨌든 오늘은 괜찮아요."

"네가 오늘 잼을 원한다고 해도 그건 가질 수 없어. 그게 규칙이지. 내일의 잼과 어제의 잼은 있어도 오늘의 잼은 없거든."

여왕이 말했다.

"하지만 언젠가 '오늘의 잼'이 올 수밖에 없잖아요."

앨리스가 따지듯이 말했다.

"아냐, 그럴 수 없어. 잼은 어제와 내일에만 나오지. 오늘은 어제나 내일이 될 수 없어."

여왕이 말했다.

"이해가 안 돼요. 너무 헷갈려요!"

앨리스가 말했다.

"거울나라에서는 반대로 살아서 그래. 처음에는 누구나 약간 어지러워하곤 하지."

여왕이 친절하게 말했다.

"반대로 산다고요! 그런 얘기는 처음 들어요!"

앨리스가 놀라서 외쳤다.

"그래도 단 한 가지 큰 장점이 있지. 사람들은 미래와 과거를 다 기억할 수 있단다."

"전 과거의 일만 기억해요. 아직 일어나지도 않은 일을 기억할 수는 없어요."

앨리스가 말했다.

"지난 일만 기억하다니 기억력이 형편없구나."

여왕이 말했다.

"그럼, 여왕님은 뭘 가장 잘 기억하는데요?"

앨리스가 용기를 내어 물어봤다.

"아, 다음 주에 일어났던 일을 가장 잘 기억하지."

여왕이 무심한 말투로 말했다.

"예를 들면, 지금 왕의 전령이 벌을 받아 감옥에 있단다. 재판은 다음 주 수요일까지는 열리지 않을 거야. 당연히 죄는 아직 짓지 않았어. 그건 맨 마지막에 오는 거니까."

여왕이 손가락에 커다란 반창고를 붙이면서 말했다.

"만약 그가 죄를 짓지 않으면요?"

앨리스가 물었다.

"그럼 더 좋겠지, 안 그래?"

여왕이 손가락의 반창고에 리본을 둘러 묶으며 말했다.

앨리스는 반박할 수가 없었다.

"물론 그러면 더 좋겠죠. 하지만 아직 죄를 안 지었는데 벌을 받는 건 안 좋은 거 같아요."

"틀렸어. 너 벌 받아본 적 있느냐?"

여왕이 물었다.

"잘못했을 때는요."

앨리스가 말했다.

"그래서 네가 더 나아진 거야!"

여왕이 의기양양하게 말했다.

"하지만 그건 제가 한 일 때문에 벌을 받은 거죠. 지금 그 전령하고는 상황이 완전히 다르잖아요."

앨리스가 말했다.

"하지만 네가 잘못을 저지르지 않았다면 훨씬 더, 더, 더 좋았겠지!"

여왕은 '더'라고 말할 때마다 목소리를 더욱 높였고 마지막에는 꽥꽥 소리를 질러대는 듯했다.

"뭔가 이상한……."

앨리스가 말을 시작한 순간, 갑자기 여왕이 비명을 크게 질러서 앨리스는 말을 멈춰야 했다.

"아야, 아야, 아야!"

여왕이 손이 떨어져나갈 듯이 흔들면서 소리를 질러댔다.

"손가락에서 피가 나! 아야, 아야, 아야!"

여왕의 비명은 마치 증기기관차의 경적 소리 같아서 앨리스는 두 손으로 귀를 막아야 했다.

"왜 그러세요? 손가락이 찔렸어요?"

앨리스는 말할 틈이 생기자마자 물어봤다.

"아직 안 찔렸어. 하지만 곧 찔릴 거야. 아야, 아야, 아야!"

여왕이 말했다.

"언제 찔릴 거 같은데요?"

앨리스는 웃음이 터져나오는 것을 겨우 참으며 물었다.

"내가 숄을 다시 걸치다가 브로치에 찔릴 거야. 아야!"

불쌍한 여왕이 신음하며 말했다. 그때 브로치가 숄에서 빠졌고 여왕은 재빨리 브로치를 낚아채서 다시 달려고 했다.

"조심하세요! 손을 너무 오므린 채 브로치를 잡고 있잖아요!"

앨리스가 외치면서 브로치를 잡았지만 너무 늦었다. 브로치에 달린 핀이 여왕의 손가락을 찌르고 말았다.

"결국 이렇게 피가 나잖아. 이제 너도 여기서 일어나는 일들의 규칙을 잘 알겠지?"

여왕이 미소를 지으며 말했다.

"그런데 왜 지금은 비명을 안 지르세요?"

앨리스가 손으로 귀를 막을 준비를 하면서 물었다.

"비명은 아까 다 질렀잖아. 다시 비명을 질러서 뭐 하게?"

여왕이 대답했다.

이때 점점 주변이 밝아지기 시작했다.

"까마귀가 날아갔나 보다. 까마귀가 가버려서 다행이야. 밤이 오는 줄만 알았네."

앨리스가 말했다.

"나도 기뻐할 수 있으면 좋으련만! 기뻐하는 순서가 어떻게 되는지 도통 기억이 안 나는구나. 넌 이 숲에서 살면서 정말 행복하겠다. 원할 때마다 기뻐할 수도 있고 말이야!"

여왕이 말했다.

"여긴 너무 외로워요!"

앨리스가 우울한 목소리로 말했다. 외롭다고 생각한 순간, 앨리스의 두 뺨으로 굵은 눈물이 흘러내렸다.

"오, 울지 말거라. 네가 얼마나 착한 소녀인지 생각해봐. 오늘 여기까지 얼마나 먼 길을 왔는지 생각해보렴. 그리고 지금이 몇 시인지도 생각해봐. 울지 말고 무슨 생각이든 해봐!"

여왕이 절망적인 목소리로 손을 꼭 잡고 외쳤다. 앨리스는 여왕의 말에 울다가 웃어버렸다.

"여왕님은 그런 걸 생각하면 울음이 멈추나요?"

앨리스가 물었다.

"그러면 울음이 멈추지. 누구도 한 번에 두 가지 생각을 할 수 없으니까. 네 나이부터 생각해봐. 넌 몇 살이지?"

여왕이 확신에 차서 말했다.

"정확히 일곱 살 반이에요."

"'정확히' 말할 필요는 없어. 그런 말 안 해도 난 믿으니까. 이제 네가 믿을 만한 얘기를 해주마. 난 백한 살에 다섯 달 그리고 하루가 되었단다."

여왕이 말했다.

"말도 안 돼요!"

앨리스가 말했다.

"못 믿겠다는 거냐? 그럼, 다시 한번 해봐. 숨을 들이쉬고 눈을 감아봐."

여왕이 안됐다는 듯한 목소리로 말했다.

"그래봤자 소용없어요. 그런 일은 있을 수 없어요. 그런 걸 믿는 사람은 아무도 없을걸요."

앨리스가 웃으며 말했다.

"네가 연습을 많이 하지 않아서 그래. 내가 네 나이였을 때는 항상 하루에 30분씩 연습을 했지. 음, 때때로 나는 아침 식사 전에 불가능한 것을 여섯 가지씩 믿어보기도 했어. 숄이 또 흘러내리네!"

여왕이 말하는데 또 브로치가 풀렸고 갑자기 돌풍이 불어와서 여왕의 숄이 개울 건너로 날아가버렸다. 여왕은 또다시 두 팔을 벌리고 숄을 따라 날아갔고 이번에는 숄을 잡는 데 성공했다.

"잡았다! 내가 혼자서 핀 꽂는 것을 보거라."

여왕이 의기양양한 목소리로 외쳤다.

"이제 손가락은 괜찮으세요?"

앨리스가 여왕을 따라 개울을 건너면서 아주 예의 바르게 물었다.

"아, 훨씬 좋아졌어! 훨씬! 훨씬, 훠어얼씬!"

여왕이 비명을 지르듯이 소리 높여 외쳤다. 마지막 말이 길게 꼬리를 끌어서 마치 양이 우는 소리 같았고, 앨리스는 그 소리에 흠칫 놀랐다.

앨리스가 여왕을 쳐다봤다. 여왕은 갑자기 양털로 감싸여 있었다. 앨리스는 눈을 비비고 다시 바라봤다. 어떻게 된 건지 알 수가 없었다.

'지금 내가 가게 안에 있는 거야? 저기 계산대 뒤에 앉아 있는 게 정말 양이 맞아?'

아무리 눈을 비벼도 어떻게 된 건지 알 수가 없었다. 가게 안은 조금 어두웠고, 앨리스는 계산대에 팔꿈치를 기댄 채 서 있었다. 그리고 반대편에는 양이 안락의자에 앉아서 뜨개질을 하다가 가끔씩 커다란 안경 너머로 앨리스를 쳐다봤다.

"뭘 사고 싶은 게냐?"

드디어 양이 뜨개질을 멈추고 고개를 들더니 물었다.

"아직 잘 모르겠어요. 괜찮다면 일단 둘러볼게요."

앨리스가 아주 정중하게 대답했다.

"원한다면 앞이든, 옆이든 다 봐도 돼. 하지만 머리 뒤에 눈이 달린 것도 아닌데 빙 둘러볼 수는 없지."

양의 말대로 앨리스는 뒤에 눈이 달려 있지 않았기 때문에, 직접 몸을 돌려 선반들을 둘러봤다.

가게는 신기한 것들로 가득했다. 하지만 정말 이상하게도 앨리스가 선반에 무엇이 있나 자세히 보려고 하면 앨리스가 보려고 하는 그 선반만 비어버렸다. 주변의 다른 선반들은 물건들로 가득 차 있는데 말이다.

"여기 있는 물건들은 이리저리 움직이나 봐!"

앨리스는 한동안 밝게 빛나는 커다란 뭔가를 헛되이 쫓다가 잡지도 못한 채 애처로운 목소리로 말했다. 그 물건은 어쩔 때는 인형처럼 보였고 또 어떻게 보면 반짇고리 같았다. 그리고 항상 앨리스가 쳐다보는 바로 위 선반에 있었다.

"아, 짜증나! 두고 봐."

앨리스는 이렇게 말하다가 뭔가 생각난 듯 이렇게 덧붙였다.

"맨 위 선반까지 쫓아가고 말 테니까. 천장을 뚫고 가지는 못하겠지."

하지만 이 계획도 실패했다. 그 '물건'은 자주 그래왔다는 듯이 그대로 천장을 뚫고 나가버렸다.

"넌 어린애냐, 아니면 팽이냐? 빙글빙글 돌아다녀서 내가 다 어지럽구나."

양이 다른 뜨개바늘 한 쌍을 꺼내 들면서 말했다. 양은 이제 한 번에 열네 쌍의 뜨개바늘을 들고 뜨개질을 하고 있었다. 앨리스는 너무 놀라서 그 모습을 지켜봤다.

'어떻게 한 번에 저렇게 뜨개바늘을 많이 쥐고 뜨개질을 할 수 있지? 점점 고슴도치가 되어가는 거 같아!'

앨리스는 혼자 속으로 생각했다.

"노 저을 줄 아니?"

양이 뜨개바늘 한 쌍을 앨리스한테 건네주며 물었다.

"네, 조금요. 하지만 땅에서는 못해요. 뜨개바늘로도 할 줄 모르고요……."

그런데 앨리스가 이 말을 하는 순간, 갑자기 손에 있던 뜨개바늘이 노로 변했다. 앨리스는 양과 함께 작은 배에 올라탄 채 강둑 사이를 미끄러져 가고 있었다. 앨리스는 열심히 노를 젓는 수밖에 없었다.

"깃털!"*

양이 뜨개바늘을 한 쌍 더 들고 외쳤다.

대답할 필요가 없는 것 같아서 앨리스는 아무 말 없이 노를 저었다. 그런데 물이 좀 이상했다. 때때로 노를 빨리 저으면 다시 꺼내기가 너무 힘들었다.

"깃털, 깃털! 그러다가 게를 잡겠네."**

---

* 영어로 'feather'는 '깃털'이라는 뜻과 함께 '배를 저을 때 노를 수평으로 하다'라는 뜻도 있다.

** 'catching a crab'은 보트 용어로 '노를 빠뜨리다'라는 뜻이다.

양이 뜨개바늘을 더 집어 들면서 외쳤다.

'작고 귀여운 게라! 그러면 좋겠다.'

앨리스는 생각했다.

"내가 '깃털'이라고 한 것 못 들었니?"

양이 뜨개바늘을 한 가득 들고 화난 목소리로 소리쳤다.

"들었어요. 아주 크게 여러 번 말하셨잖아요. 그런데 게들은 어디 있어요?"

앨리스가 물었다.

"당연히 물속에 있지!"

양손에 뜨개바늘을 가득 쥔 양은 나머지 뜨개바늘을 머리에 꽂았다.

"깃털, 내가 말했지!"

"왜 자꾸 '깃털'이라고 하세요? 전 새가 아니에요!"

앨리스가 약간 짜증난 목소리로 말했다.

"맞아. 넌 작은 거위야."

양이 말했다.

앨리스는 이 말에 약간 기분이 상해 한동안 아무 말도 하지 않았다. 그동안 배는 물풀 사이를 지나기도 하고(물풀에 노가 걸려 잘 빠져나오지 않았다) 나무 아래를 지나가기도 하면서 부드럽게 흘러갔다. 하지만 높은 강둑은 항상 그들 머리 위에 버티고 있었다.

"아, 제발요! 저기 향기 좋은 골풀이 있어요! 정말 너무 아름다워요!"

앨리스가 갑자기 기쁨에 겨워 외쳤다.

"골풀 때문에 나한테 '제발'이라고 할 필요는 없다. 내가 골풀을 저기 심어둔 것도 아니니까. 그리고 내가 뽑아버리지도 않을 거고."

양이 뜨개질을 하며 고개도 들지 않은 채 말했다.

"아니요. 제 말은……, 제발 잠깐 멈춰서 꽃을 꺾으면 안 될까 하는 거예요. 괜찮다면 배를 잠깐 세워주세요."

앨리스가 애원했다.

"내가 배를 어떻게 세워? 배를 세우고 싶으면 네가 노를 그만 저어야지."

양이 말했다.

그래서 앨리스는 배가 물결에 흘러가도록 놔두었고, 배는 흔들리는 골풀 사이로 부드럽게 미끄러져 들어갔다. 앨리스는 저 멀리 있는 골풀을 꺾으려고 소매를 조심스레 걷은 다음, 조그마한 팔을 팔꿈치까지 물속에 담갔다. 그러는 동안 앨리스는 양이나 뜨개질에 대해서는 잊어버렸다. 앨리스가 배 밖으로 몸을 기울이자, 헝클어진 머리카락 끝부분이 물속에 빠졌다. 앨리스는 눈을 반짝이며 달콤한 향내가 나는 골풀을 한 움큼 꺾었다.

"배가 뒤집어지면 안 되는데!"

앨리스가 혼잣말을 했다.

"아, 정말 예쁘다! 근데 손이 닿지를 않아."

앨리스가 혼자 중얼거렸다. 그리고 '일부러 이렇게 해놓은 거 같아'라고 생각했다. 앨리스는 배가 미끄러져 나갈 때마다 아름다운 골풀을 한 움큼씩 뜯었지만, 손이 닿지 않는 곳에 항상 더 예쁜 꽃이 있었다.

"가장 예쁜 건 항상 멀리 있어!"

마침내 앨리스는 고집스럽게 저 멀리 떨어져 있는 골풀을 보며 한숨을 내쉬었다. 볼은 빨갛게 상기되고 머리카락과 손에서는 물이 뚝뚝 떨어졌다. 앨리스는 주섬주섬 다시 자리에 앉아 새로 발견한 보물들을 정리했다.

골풀들은 앨리스가 꺾은 순간부터 향기와 아름다움을 잃어가며 시들어갔다. 하지만 앨리스한테 그게 무슨 문제가 되겠는가? 현실의 향내 나는 골풀들도 그리 오래가지 않는다. 그러니 발아래 쌓여 있는 꿈속의 골풀들이 눈처럼 사라져버린다 해도 어쩔 수 없는 일이었다. 게다가 앨리스는 그 사실을 눈치채지도 못했다. 생각해야 할 다른 신기한 것들이 너무 많았기 때문이다.

얼마 못 가서 노 하나가 (나중에 앨리스의 설명에 따르면) 물속으로 쑥 들어가더니 다시 나오지 않았다. 노 손잡이가 앨리스의 턱 밑을 쳤고 앨리스는 "아, 아, 아!" 하고 비명을 질렀다. 그러다가 노에 밀려서 골풀 더미 위로 쓰러져버렸다.

다행히 앨리스는 다치지 않았고 금방 일어났다. 양은 아무 일도 없는 것처럼 계속 뜨개질을 하고 있었다.

"게를 아주 잘 잡았구나!"

양이 말했다.

앨리스는 배에서 떨어지지 않았다는 사실에 안도하며 제자리에 앉았다.

"그래요? 전 보지도 못했는데. 아직 도망가지 않았으면 좋겠어요. 작은 게를 잡아서 집에 가져가고 싶은데!"

앨리스가 배 한쪽으로 몸을 기울여 어두컴컴한 물속을 조심스럽게 들여다보며 말했다. 하지만 양은 비웃듯이 미소만 머금은 채 계속 뜨개질만 했다.

"여기 게가 많나요?"

"게도 있고 다른 것도 많지. 고를 수 있는 건 많으니까 넌 결정만 하면 돼. 자, 이제 뭘 사고 싶지?"

"뭘 산다고요!"

앨리스는 놀라기도 하고 무섭기도 해서 소리쳤다. 노와 배, 강이 순식간에 사라져버리고 다시 어두컴컴한 작은 가게 안이었다.

"달걀을 사고 싶어요. 얼마예요?"

앨리스는 겁먹은 목소리로 물었다.

"하나에 5펜스, 두 개에 2펜스다."

양이 대답했다.

"그러면 두 개가 하나보다 싼 거예요?"

앨리스가 지갑을 꺼내며 놀란 목소리로 물었다.

"두 개를 사면 한꺼번에 다 먹어야 해."

양이 말했다.

"그러면 하나만 주세요."

앨리스가 돈을 계산대 위에 놓으며 말했다.

'달걀 두 개가 더 나쁠 수도 있어.'

앨리스는 생각했다.

"난 사람 손에 물건을 직접 건네주지 않아. 그런 일은 절대 없지. 네가 직접 가져가."

양은 돈을 상자 안에 넣으면서 말했다. 그리고 가게 구석으로 가서 달걀을 선반 위에 똑바로 세워놓았다.

'왜 직접 안 주는 거지?'

앨리스는 손으로 탁자와 의자를 더듬어가면서 생각했다. 가게 구석은 아주 어두웠다.

"내가 다가갈수록 달걀이 더 멀어지는 느낌이야. 음, 이건 의자야? 아, 나뭇가지잖아! 가게 안에서 나무가 자라는 거야? 너무 이상해! 게다가 여기에 진짜로 개울이 있네! 내가 본 가게 중에 제일 이상해!"

앨리스는 한 걸음 한 걸음 걸을 때마다 더욱 놀랐다. 다가가자마자 모든 것이 나무로 변해버렸고 달걀도 나무로 변해버릴 것 같았다.

6

험프티 덤프티

그 달걀은 점점 더 커지더니 사람처럼 변했다. 앨리스가 몇 미터 앞까지 나가가서 보니 달걀에 눈, 코, 입이 있었다. 더 가까이 가서 보니 바로 험프티 덤프티였다.

"다른 사람일 리가 없어! 확실해! 얼굴에 온통 이름이 쓰여 있는 거 같잖아."

앨리스가 중얼거렸다.

험프티 덤프티의 커다란 얼굴에 이름을 한 백 번쯤은 손쉽게 쓸 수 있을 것 같았다. 험프티 덤프티는 좁고 높다란 담 위에 터키 사람처럼 다리를 꼬고 앉아 있었다. 앨리스는 비좁은 담장 위에서 어떻게 저리 균형을 잘 잡는지 놀라웠다. 그는 다른 곳을 쳐다보고 있었고 앨리스가 있는 것을 전혀 눈치채지 못한 듯했다. 그래서 앨리스는 그가 솜 인형일 거라고 생각했다.

"정말 달걀처럼 생겼네!"

앨리스는 그가 떨어지기를 기다리면서 떨어지면 받아주려고 손을 내밀고 서 있었다.

"정말 짜증나는군. 달걀이라고 부르다니!"

계속 잠자코 있던 험프티 덤프티가 앨리스에게는 눈길도 주지 않은 채 말했다.

"전 달걀처럼 생겼다고 말했는데요."

앨리스가 상냥하게 말했다.

"그리고 달걀은 아주 귀여워요."

앨리스는 칭찬처럼 들리기를 바라면서 덧붙였다.

"생각하는 게 애보다도 못한 사람들이 있지!"

험프티 덤프티가 여전히 고개를 돌린 채로 말했다.

앨리스는 뭐라 말해야 할지 몰랐다. 이런 것은 대화도 아니라고 생각했다. 그는 앨리스를 보고 이야기를 하는 게 아니었다. 사실 나무에 대고 말하고 있었다. 그래서 앨리스는 부드러운 목소리로 혼자 노래했다.

험프티 덤프티가 담장 위에 앉아 있네
험프티 덤프티는 툭 아래로 떨어졌네
왕의 모든 말도, 왕의 모든 신하도

"마지막 문장은 시라고 하기에 너무 길어."

앨리스는 험프티 덤프티가 말을 듣고 있다는 것을 잊은 채 큰 목소리로 말했다.

"거기 혼자 서서 떠들지 말고 이름과 용건을 말해봐."

험프티 덤프티가 처음으로 앨리스를 돌아보며 말했다.

"제 이름은 앨리스고 그리고……."

"정말 바보 같은 이름이군! 근데 앨리스가 무슨 뜻이야?"

험프티 덤프티가 기다리지 못하고 앨리스의 말을 가로막으며 물었다.

"이름에 뜻이 있어야 해요?"

앨리스가 이상하다는 듯이 물어봤다.

"당연히 있어야지. 내 이름은 내 모습을 뜻해. 멋지고 잘생긴 모습 말이야. 네 이름은 어떤 모습에다 붙여도 상관없겠어."

험프티 덤프티가 웃으며 말했다.

"왜 거기 혼자 앉아 있어요?"

앨리스는 말다툼하고 싶지 않아서 말을 돌렸다.

"왜냐하면 나 말고는 아무도 없으니까! 내가 그 질문에 답을 못할 줄 알았어? 다른 걸 물어봐."

험프티 덤프티가 외쳤다.

"바닥에 앉아 있는 게 더 안전하지 않을까요? 담장이 너무 좁아요!"

앨리스는 다른 수수께끼가 생각나지 않아서가 아니라 그 이상한 존재가 걱정되어서 좋은 마음으로 말했다.

"수수께끼가 너무 쉽잖아! 당연히 난 그렇게 생각 안 해!"

험프티 덤프티가 소리쳤다.

"만약 내가 떨어진다면, 물론 그럴 리는 없지만 만약 떨어진다면……."

그는 입을 꾹 오므렸는데, 어찌나 엄숙하고 심각해 보이던지 앨리스는 웃음을 터뜨렸다.

"만약 내가 떨어진다면 왕께서 직접 약속해주셨지."

"왕의 모든 말과 모든 신하를 보내주기로."

앨리스가 생각 없이 끼어들었다.

"정말 나쁜 짓이야! 문 뒤에서, 나무 뒤에서, 굴뚝 밑에서 엿들은 게 분명해! 그렇지 않으면 알 리가 없어!"

험프티 덤프티가 갑자기 화를 내며 외쳤다.

"엿듣지 않았어요. 정말이에요! 책에서 봤어요."

앨리스가 공손하게 말했다.

"아, 그래! 책에 써놨을 수도 있지."

험프티 덤프티가 차분해진 목소리로 말했다.

"그게 바로 영국 역사라는 거야. 이제 나를 잘 봐! 나로 말할

것 같으면 왕과 말을 해본 사람이라고. 아마 나 같은 사람은 처음 봤을걸. 난 거만한 사람이 아니야. 그러니까 자, 나랑 악수해도 좋아!”

험프티 덤프티는 입이 귀에 걸릴 정도로 웃었다. 그는 앞으로 몸을 숙이고(하마터면 떨어질 뻔했다) 앨리스에게 손을 내밀었다. 앨리스는 손을 잡으며 약간 걱정이 되어 그를 지켜봤다.

‘저렇게 더 웃다가는 입이 머리 뒤로 넘어가서 양쪽이 만나겠어. 그러다가 머리가 툭 떨어져버리면 어떻게 하지!’

앨리스는 생각했다.

"그래, 왕의 모든 말과 신하들이 재빨리 달려와서 나를 일으켜 세워줄 거야. 그럴 거야! 그런데 우리 대화가 너무 빨리 흘러가는데. 아까 했던 얘기로 돌아가자."

험프티 덤프티가 말했다.

"무슨 얘기를 하고 있었는지 기억이 잘 안 나요."

앨리스가 아주 예의 바르게 말했다.

"그럴 때는 새로 시작하면 되지. 내가 대화 주제를 선택할 차례야……."

험프티 덤프티가 말했다.

'마치 게임을 하는 것처럼 말하잖아!'

앨리스는 생각했다.

"이제 질문을 할게. 몇 살이라고 했지?"

"일곱 살 반이에요."

앨리스가 빨리 계산을 해보고는 말했다.

"틀렸어. 그런 식으로 말하면 안 돼!"

험프티 덤프티가 의기양양하게 말했다.

"몇 살이냐고 물어본 거 아니에요?"

앨리스가 해명했다.

"그런 의미였으면 내가 그렇게 물어봤겠지."

험프티 덤프티가 말했다.

앨리스는 말다툼하기 싫어서 아무 대답도 하지 않았다.

"일곱 살 반이라! 정말 어중간한 나이네. 나한테 조언을 구했다면 '일곱 살에서 멈춰라'라고 했을 텐데. 하지만 이젠 너무 늦었어."

험프티 덤프티가 생각에 잠겨 말했다.

"나이 먹는 것에 대해 조언 같은 것은 필요 없어요."

앨리스가 화를 내면서 말했다.

"왜? 너무 자랑스러워서?"

앨리스는 이 말에 더 화가 났다.

"제 말은 누구도 나이 먹는 걸 어떻게 할 수 없다는 뜻이에요."

"혼자서는 못하겠지. 하지만 둘이면 할 수 있어. 적절한 도움을 받으면 일곱 살에 멈출 수도 있어."

험프티 덤프티가 말했다.

"허리띠가 정말 예쁜데요!"

앨리스가 갑자기 화제를 바꿨다. (앨리스는 나이 얘기는 충분히 했다고 생각했다. 그리고 돌아가면서 새로운 대화 주제를 선택하는 거라면, 이제 자기 차례라고 생각했다.)

"아니, 아름다운 스카프라고 하려던 건데. 아니, 허리띠, 그러니까……. 아, 죄송해요!"

앨리스는 다시 생각해보고 말을 했다가 또다시 말을 바꿨다. 험프티 덤프티가 완전히 기분이 상한 것처럼 보여 어쩔 줄 몰라 했다. 괜히 그런 주제를 선택했다며 후회했다.

'어디가 목이고 어디가 허리인지 알 수가 있어야지!'

앨리스는 생각했다.

험프티 덤프티는 한동안 아무 말도 안 했지만 분명 아주 화나 보였다. 그는 화난 목소리로 다시 입을 열었다.

"정말 짜증나는군! 어떻게 스카프랑 허리띠도 구별 못해!"

"제가 너무 바보 같아서 그래요."

앨리스가 험프티 덤프티를 진정시키려고 겸손하게 말했다.

"이건 스카프야. 네 말처럼 아주 아름답지. 이건 하얀 왕과 하얀 여왕께서 나한테 선물한 거란 말이야."

"정말요?"

앨리스는 좋은 대화 주제가 생겼다고 생각하면서 기뻐했다.

"그분들이 주셨지. 안생일 선물로 주셨어."

험프티 덤프티가 책상다리를 한 채 두 손을 무릎에 올려놓고 생각에 잠겨 말했다.

"저, 죄송한데요, 다시 한번만 말씀해주세요."

앨리스는 무슨 말인지 도통 이해할 수가 없었다.

"죄송할 거 없어."

험프티 덤프티가 말했다.

"그러니까 제 말은 안생일 선물이 뭐냐고요?"

"당연히 생일이 아닌 날 받는 선물이지."

"전 생일 선물이 가장 좋아요."

앨리스가 잠시 생각하더니 말했다.

"넌 네가 무슨 말을 하는지 모르는구나! 일 년이 며칠이지?"

험프티 덤프티가 외쳤다.

"365일이죠."

앨리스가 말했다.

"그럼 생일은 몇 번이지?"

"한 번이오."

"그러면 365에서 1을 빼면 몇이 남지?"

"당연히 364가 남아요."

험프티 덤프티는 못 믿는 듯했다.

"종이에 직접 써보는 게 좋겠어."

앨리스는 웃으면서 수첩을 꺼낸 뒤 계산을 했다.

$$\begin{array}{r} 365 \\ -\quad 1 \\ \hline 364 \end{array}$$

험프티 덤프티는 수첩을 가져가서 주의 깊게 봤다.

"맞게 계산한 거 같군……."

"거꾸로 들고 있잖아요!"

앨리스가 그의 말을 막으면서 말했다.

"아, 그랬군!"

험프티 덤프티가 명랑하게 말했다. 앨리스는 수첩을 똑바로 돌려주었다.

"조금 이상하다고 생각했어. 아까 말했듯이 계산은 맞게 된 거 같아……. 어쨌든 지금은 찬찬히 살펴볼 시간이 없어……. 이 계산에 따르면 네가 안생일 선물을 받을 수 있는 날은 364일이라는 거지……."

"맞아요."

앨리스가 말했다.

"생일 선물은 단 한 번뿐이지. 너한테 영광인데!"

"왜 갑자기 '영광'이라는 거예요?"

앨리스가 물었다.

험프티 덤프티는 거만하게 미소를 지었다.

"당연히 내가 말해주기 전까지는 모르겠지. '너와 말싸움에서 이겼다'라는 뜻이야."

"'영광'은 '너와 말싸움에서 이겼다'라는 뜻이 아니잖아요."

앨리스가 이의를 제기했다.

"내가 단어를 사용할 때 그 뜻은 더도 덜도 말고 딱 내가 선택한 의미로 사용돼."

험프티 덤프티가 멸시하듯 말했다.

"그러니까 제 말은 그렇게 마음대로 단어의 의미를 바꿔도 되느냐는 거예요."

앨리스가 말했다.

"그러니까 내 말은 무엇이 주인이 되느냐지. 그게 다야."

험프티 덤프티가 말했다.

앨리스는 도무지 이해가 안 돼서 아무 말도 할 수가 없었다. 잠시 후에 험프티 덤프티가 다시 입을 열었다.

"단어마다 나름의 성질이 있어. 특히 동사는 가장 거만하지. 형용사는 어떤 것과도 같이 쓸 수 있어. 하지만 동사는 안 돼. 나야 물론 모든 단어를 다룰 수 있지만! 불가해(不可解)! 그게 내가 하려는 말이야!"

"그게 무슨 뜻인지 알려주세요."

앨리스가 말했다.

"이제야 좀 생각 있는 애처럼 말하는구나."

험프티 덤프티가 아주 기쁜 표정으로 말했다.

"'불가해'란 우리가 그 주제에 대해 충분히 이야기했다는 거야. 그러니까 이제 네가 다음 대화 주제를 선택해도 된다는 거지. 여기서 남은 인생을 다 보내고 싶지는 않을 테니까 말이야."

"단어 하나로 많은 의미를 만들 수 있겠어요."

앨리스가 생각에 잠겨 말했다.

"한 단어로 여러 가지 의미를 만들 때면 나는 항상 추가로 돈을 내야 하지."

험프티 덤프티가 말했다.

"아!"

앨리스는 무슨 말인지 이해가 안 됐고 너무 혼란스러워서 다른 말을 할 수가 없었다.

"토요일 밤마다 임금을 받으려고 찾아오는 단어들을 너도 봐야 하는데."

험프티 덤프티가 머리를 이리저리 흔들며 진지하게 말했다.

(앨리스는 그가 임금으로 뭘 주는지 차마 물어볼 수가 없었다. 그래서 나도 여기서 얘기해줄 수가 없다.)

"단어를 설명하는 데 아주 뛰어나신 거 같아요. 혹시 〈재버워키〉라는 시가 무슨 뜻인지 설명해주실 수 있으세요?"

앨리스가 말했다.

"어디 들어보자. 난 이 세상의 모든 시를 설명할 수 있지. 아직 지어지지 않아서 세상에 안 나온 시들까지도 말이야."

험프티 덤프티가 말했다.

이 말에 앨리스는 잔뜩 기대를 하고 첫 번째 연을 읊었다.

후네시 끌히고 유가느 오도코
해주잔에서 뱅글러 뚤하내리고
모든 조비는 쥐둘기
지빌흔 녹돈들 야파에취휘호

"그 정도면 충분해. 어려운 단어들이 아주 많구나. '후네시'는 오후 4시라는 뜻이야. 저녁 식사 준비를 하며 뭘 굽는 시간이지."

험프티 덤프티가 말을 끊었다.

"네, 그럼 '유가느'는요?"

앨리스가 물었다.

"'유가느'는 '유연하고 가느다란'이라는 뜻이야. 유연하다는 건 활동적이라는 것과 같은 거지. 한 단어에 두 가지 뜻이 있는 거야."

"이제 알겠어요. 그럼 '오도코'는 뭐예요?"

앨리스가 생각에 잠겨 물었다.

"'오도코'는 오소리 비슷한 거야. 도마뱀을 닮기도 했고 코르크 따개처럼 생기기도 했지."

"아주 이상하게 생겼을 거 같아요."

"맞아. 해시계 아래에 둥지를 틀고 치즈를 먹고 살지."

험프티 덤프티가 말했다.

"그러면 '뱅글러'와 '뚤하내리고'는 뭐예요?"

"'뱅글러'는 팽이처럼 빙글빙글 도는 거야. '뚤하내리고'는 송곳처럼 구멍을 만드는 거지."

"그럼 '해주잔'은 해시계 주변의 잔디밭이겠네요?"

앨리스는 이런 생각을 한 자신에게 놀라며 말했다.

"당연하지. 그걸 '해주잔'이라고 부르지. 왜냐하면 그 앞에 긴

길이 있고, 그 뒤에도 긴 길이 있기 때문이지."

"그리고 좌우로도 긴 길이 있겠죠."

앨리스가 덧붙였다.

"정확해. 그리고 '조비'는 '조잡하고 비참한'이라는 뜻이야 (이것도 두 가지 뜻이 합쳐진 단어였다). 그리고 '쥐둘기'는 마치 살아 있는 걸레처럼 생겼는데, 깃털이 사방으로 삐져나온 마르고 초라해 보이는 새야."

"'지빌흔 녹돈'은요? 제가 너무 귀찮게 해드려서 죄송해요."

앨리스가 말했다.

"'녹돈'는 초록색 돼지의 일종이야. '지빌흔'은 나도 확실히 모르겠군. 아무래도 '집으로부터'의 줄임말 같아. 길을 잃었다는 뜻이지."

"'야파에취휘호'는 무슨 뜻이에요?"

"'야파에취휘호'는 고함치는 것과 휘파람이 섞인 소리와 비슷해. 중간에 재채기 소리를 넣어주는 거지. 저 아래 숲속에서 아마 들을 수 있을 거야. 한번 들어보면 너도 좋아할걸. 그런데 누가 이 어려운 시를 읽어줬지?"

"책에서 봤어요. 그런데 이것보다 훨씬 쉬운 시도 들었어요. 트위들디가 들려줬는데……."

앨리스가 말했다.

"나도 다른 사람들처럼 시를 잘 읊을 수 있어. 원한다면……."

험프티 덤프티가 커다란 손을 내밀며 말했다.

"아니요, 그러실 필요 없어요!"

앨리스는 시를 읊지 못하게 하려고 황급히 말했다.

"내가 읊으려는 시는 오로지 너를 위해 지은 시야."

험프티 덤프티는 앨리스의 말을 무시하고 계속 말했다.

앨리스는 그런 거라면 들어줘야겠다고 생각했다. 그래서 어쩔 수 없이 자리에 앉으며 약간 슬픈 목소리로 말했다.

"고맙습니다."

겨울에 들판이 눈밭이 되면
너의 기쁨을 위해 나는 이 노래를 부르네

"하지만 노래를 부르진 않을 거야."

험프티 덤프티가 시를 읊다 말고 말했다.

"저도 알아요."

앨리스가 말했다.

"내가 노래를 부를지 안 부를지 안다니, 아주 날카로운 안목을 가졌군."

험프티 덤프티가 진지하게 말했다. 앨리스는 아무 말 없이 가만히 있었다.

봄이 되어 나무가 초록이 되면
내 말이 무슨 뜻인지 너에게 말해주리

"정말 감사합니다."

앨리스가 말했다.

여름이 되어 낮이 길어지면
아마 이 노래를 이해하리
가을에 나뭇잎이 갈색이 되면
펜과 잉크를 들고 받아 적거라

"그때까지 기억한다면 꼭 받아 적을게요."

앨리스가 말했다.

"그렇게 계속 말할 필요 없어. 대답을 하면 자꾸 시의 흐름이 끊기잖아."

험프티 덤프티가 말했다.

난 물고기에게 편지를 보냈네
"이게 내가 원하는 거야"라고

바다의 작은 물고기들이

나에게 답장을 보냈지

작은 물고기들은 답했네
"우린 할 수 없어요. 왜냐하면"

"죄송하지만, 잘 이해가 안 돼요."
앨리스가 말했다.
"기다려봐. 점점 쉬워질 거야."
험프티 덤프티가 대답했다.

난 다시 편지를 보냈지
"순순히 따르는 것이 좋을 거야"라고

물고기들은 미소로 답했네
"성질하고는!"

난 그들에게 한 번 말하고 두 번 말했지
그들은 내 조언을 들으려 하지 않았네

난 커다란 새 주전자를 가져왔지
내가 하려는 일에 알맞은 주전자였네

나의 심장은 벌렁벌렁 뛰었어
난 수돗가에서 주전자에 물을 채웠지

그때 누군가 내게 와서 말했네
"작은 물고기들은 잠들었어요"

나는 그에게 분명하게 말했지
"그렇다면 그들을 다시 깨워요"

난 아주 크고 확실하게 말했네
귀에다 대고 소리쳤지

험프티 덤프티는 이 구절을 읊으면서 거의 비명을 지르듯이 목소리를 높였다. 앨리스는 몸서리를 치면서 생각했다.

'백만금을 줘도 저 편지 심부름은 안 할래.'

하지만 그는 아주 뻣뻣하고 위풍당당했네
"그렇게 크게 소리칠 필요 없잖아요!"라고 말했지

그리고 아주 거만하고 꼿꼿했네
"가서 그들을 깨울 수도 있지만"이라고 말했지

나는 선반에서 코르크 따개를 꺼냈네
내가 직접 그들을 깨울 생각이었지

하지만 문이 잠겨 있었네
문을 잡아당겼다가 밀었다가 발로 찼다가 두드렸지

문이 잠겨 있는 걸 발견하고
난 손잡이를 돌리려 했네. 하지만

그리고 험프티 덤프티는 한참 동안 아무 말이 없었다.

“그게 끝이에요?”

앨리스가 작은 목소리로 물었다.

“이게 끝이야. 이젠 안녕.”

험프티 덤프티가 말했다.

앨리스는 너무 갑작스럽다고 생각했지만, 상대가 ‘안녕’이라고 확실히 말했는데 계속 머무는 것은 예의가 아닌 것 같았다. 그래서 일어나서 손을 내밀었다.

“다시 만날 때까지 안녕히 계세요!”

앨리스는 최대한 쾌활한 목소리로 말했다.

“우리가 다시 만난다고 해도 널 알아볼지 모르겠다. 넌 다른 사람들과 아주 똑같이 생겼거든.”

험프티 덤프티가 악수하려고 손가락 하나를 내밀며 불만스럽게 대답했다.

“보통은 얼굴을 보고 누군지 알아보잖아요.”

앨리스가 친절하게 말했다.

“그게 바로 내가 마음에 안 드는 점이야. 네 얼굴은 다른 사람들하고 똑같다니까. 눈 두 개에…… 그리고…….”

험프티 덤프티는 엄지손가락으로 허공에 위치를 표시하며 말을 이었다.

“코는 가운데에 있고 입은 아래에 있지. 항상 똑같아. 만약 네

눈 두 개가 코 옆에 있다면, 예를 들어 입은 이마에 있고……. 그러면 내가 기억하기 훨씬 좋을 텐데."

"그럼 이상할 거 같아요."

앨리스가 반박했지만 험프티 덤프티는 눈을 감고 말했다.

"그렇게 되어보고 나서 말해."

앨리스는 그가 다시 입을 열기를 기다렸지만 험프티 덤프티는 계속 눈을 감은 채 앨리스에게 신경도 쓰지 않았다. 앨리스는 한 번 더 "안녕히 계세요!"라고 인사했지만 아무런 대답이 없자, 그냥 조용히 걸어갔다. 걸어가면서 이렇게 중얼거렸다.

"가장 불만족스러운……."

(앨리스는 이 말을 한 번 더 크게 말했다. 이렇게 어려운 단어를 말하면 정말 기분이 좋아지기 때문이었다.)

"내가 만난 사람 중에 가장 불만족스러운……."

앨리스는 말을 끝맺지 못했다. 그 순간 뭔가가 부딪치는 듯한 엄청나게 큰 소리가 숲 전체를 흔들었기 때문이다.

7

사자와 유니콘

다음 순간 군인들이 숲을 가로지르며 달려 나왔다. 처음에는 두세 명이 나오더니 다음에는 열 명, 스무 명이 한꺼번에 쏟아져 나왔다. 그리고 마침내 한 무리의 군인들이 숲 전체를 가득 메웠다. 앨리스는 군인들에게 치일까 봐 겁이 나서 나무 뒤에 숨어서 그들이 지나가는 것을 지켜봤다.

앨리스는 지금까지 살면서 그렇게 발이 안 맞는 군인들은 처음이었다. 그들은 계속 뭔가에 걸려 넘어졌고, 한 명이 넘어지면 다른 몇 명이 그 사람에게 걸려 다시 그 위로 넘어졌다. 그래서 얼마 안 가서 땅 위는 온통 넘어진 군인 무리로 뒤엉켜버렸다.

그다음으로 말들이 나왔다. 두 발 달린 군인보다 네 발 달린 말이 아무래도 더 잘 걸었지만 그 말들도 가끔 비틀거렸다. 말이 비틀거릴 때마다 마치 규칙이라도 있는 듯이 말을 탄 기수도 덩달아 떨어졌다. 이런 혼란스러운 상황은 갈수록 심해졌다. 앨리스는 숲에서 벗어나 탁 트인 곳으로 나오자 그제야 살 것 같았다. 하얀 왕이 땅바닥에 앉아서 수첩에 뭔가를 바쁘게 적고 있는 게 보였다.

"다 보냈다! 얘야, 숲을 지나오면서 혹시 군인들을 봤느냐?"

왕은 앨리스를 보며 기쁨에 차서 외쳤다.

"네, 봤어요. 몇천 명은 되는 거 같았어요."

앨리스가 말했다.

"정확히 4,207명이지."

왕이 수첩을 보면서 말했다.

"기마병 중에 두 명은 남겨놨지. 게임을 하려면 필요하거든. 그리고 전령도 두 명 보내지 않았어. 둘 다 마을에 가 있거든. 길을 한번 살펴보고 둘 중 누구라도 보이면 말해주거라."

"길에는 아무도 안 보여요."

앨리스가 말했다.

"나도 그렇게 시력이 좋으면 좋겠구나. '아무도 안'이 보이다니! 이렇게 먼 거리에서도 보이다니! 난 이런 빛 아래에서 진짜 사람도 잘 안 보이는데!"

왕이 조바심을 내며 말했다.

앨리스는 눈에 손그늘을 만들고 길 쪽을 열심히 보느라 하얀

왕의 말을 하나도 듣지 못했다.

"저기 누가 보여요!"

드디어 앨리스가 외쳤다.

"아주 천천히 오고 있어요. 근데 걷는 모습이 너무 웃겨요!"

전령은 큰 손을 부채처럼 쫙 펴고 위아래로 폴짝폴짝 뛰면서 뱀장어처럼 꿈틀거리며 오고 있었다.

"그건 우스운 게 전혀 아니야. 앵글로색슨 전령이야. 저건 앵글로색슨의 풍습이지. 기분이 좋을 때면 저런 행동을 하거든. 이름은 '삼월 토끼'야."

왕이 말했다.

"난 'ㅅ'을 좋아해. 왜냐하면 그를 사랑하니까. 나는 그를 싫어해. 왜냐하면 그는 시시하니까. 난 그에게 샌드위치랑 사탕을 줬어. 그의 이름은 삼월 토끼고 사는 곳은……."

앨리스가 참지 못하고 말놀이를 시작했다.

"그는 사파리에서 살지."

하얀 왕은 말놀이를 하는 줄도 모르고 그렇게 대답했다. 앨리스는 'ㅅ'으로 시작하는 마을 이름을 생각하고 있었다.

"다른 전령의 이름은 '모자 장수'야. 난 꼭 두 명이 있어야 하지. 한 명은 오고 한 명은 가야 하거든."

"죄송하지만 뭐라고요?"

앨리스가 말했다.

"별로 죄송할 만한 일은 아니야."

왕이 말했다.

"잘 이해가 안 가서요. 왜 한 명은 오고 한 명은 가야 해요?"

앨리스가 말했다.

"내가 아까 말했잖아? 두 명이 있어야 한다고. 한 명은 가지고 오고 다른 한 명은 가지고 가야 하니까."

왕이 성급하게 말했다.

이때 전령이 도착했다. 그는 숨이 차서 말을 할 수 없을 정도였고 겨우 손을 흔들며 아주 겁먹은 표정으로 왕을 바라봤다.

"이 어린 아가씨가 자네의 'ㅅ'을 좋아한다는군."

왕이 전령의 시선을 다른 곳으로 돌리려고 앨리스를 소개하며 말했다. 하지만 아무 소용없었다. 삼월 토끼는 커다란 눈알을 이리저리 굴리며 점점 더 이상한 행동을 했다.

"너 때문에 너무 불안하구나! 어지럽군. 나에게 햄 샌드위치를 다오!"

왕이 말했다.

놀랍게도 삼월 토끼는 목에 걸고 있던 가방에서 샌드위치를 꺼내 왕에게 건네주었다. 왕이 게걸스럽게 먹고 "하나 더!"라고 말했다.

"이제 건초밖에 없습니다."

삼월 토끼가 가방 안을 들여다보며 말했다.

“그럼 건초라도 줘.”

왕이 꺼져가는 목소리로 중얼거렸다.

왕이 건초를 먹고 기운을 차리자, 앨리스는 마음이 놓였다.

“어지러울 땐 건초만 한 게 없지.”

왕이 건초를 우걱우걱 씹어 먹으면서 앨리스에게 말했다.

“제 생각엔 찬물을 한 번 끼얹는 게 나을 거 같은데요. 아니면 탄산암모늄이나.”

“건초보다 더 나은 방법이 없다고는 안 했어. 건초만 한 게 없다고 했지.”

왕의 말에 앨리스는 감히 반박을 할 수가 없었다.

"길에서 누구를 만났느냐?"

왕이 삼월 토끼에게 건초를 더 달라고 손을 내밀며 말했다.

"아무도 안 만났습니다."

삼월 토끼가 말했다.

"그래, 그렇구나. 이 어린 아가씨도 '아무도 안'을 봤다더구나. 분명히 그 '아무도 안'은 너보다 걸음이 느리겠군."

"저는 최선을 다했습니다. 저보다 빨리 걸을 수 있는 사람은 없습니다!"

삼월 토끼가 뾰로통하게 말했다.

"'아무도 안'이 당연히 너보다 느리겠지. 안 그랬다면 너보다 빨리 왔겠지. 이제 숨 좀 돌렸으면 마을에 무슨 일이 있었는지 말해보거라."

왕이 말했다.

"귓속말로 하겠습니다."

삼월 토끼는 손을 나팔 모양으로 만들어 왕의 귀에 가까이 댔다. 앨리스도 같이 듣고 싶었는데 그러지 못해 속상했다. 그런데 귓속말을 한다던 삼월 토끼는 목청껏 소리를 질렀다.

"그들이 또 하고 있습니다!"

"이게 귓속말인 게냐? 한 번만 더 이런 짓을 하면 가만두지 않겠다! 머릿속이 지진이라도 난 것처럼 계속 윙윙대는구나!"

불쌍한 왕은 펄쩍 뛰고 몸서리를 치면서 말했다.

앨리스는 '그 정도는 아주 작은 지진일걸'이라고 생각했다.

"누가 또 하고 있는데요?"

앨리스가 용기를 내어 물어봤다.

"당연히 사자와 유니콘이지."

왕이 말했다.

"왕관을 놓고 싸우는 거예요?"

"그렇지. 확실해. 그런데 웃긴 건 그게 내 왕관이라는 거지! 빨리 가보자."

왕이 말했다. 그들은 서둘러 갔고 앨리스는 달리면서 가만히 노래를 불렀다.

사자와 유니콘이 왕관을 놓고 싸웠네
사자는 온 동네를 돌며 유니콘을 때렸지
누군가는 하얀 빵을 주고, 누군가는 갈색 빵을 주었네
누군가는 건포도 케이크를 주었고
그들을 마을 밖으로 내쫓았지

"이긴…… 쪽이…… 왕관을…… 가지나요?"

달리느라 숨이 턱까지 찬 앨리스가 겨우 물어봤다.

"무슨, 아니지! 어떻게 그런 생각을!"

"숨…… 좀…… 돌리……게 일 분만…… 멈춰주면…… 안

…… 될까요?”

앨리스가 조금 더 달린 후에 헐떡거리면서 말했다.

“나야 상관없어. 근데 내게는 ‘일 분’을 멈출 만한 힘이 없단다. 너도 알겠지만 ‘일 분’은 무섭도록 빨리 지나가지. 밴더스내치*를 막는 편이 더 쉬울걸!”

왕이 말했다.

앨리스는 숨이 차서 더는 말을 할 수가 없었다. 그래서 그들은 사람들이 잔뜩 모여 있는 곳까지 조용히 달리기만 했다. 군중 한가운데서 사자와 유니콘이 싸우고 있었다. 먼지 구름으로 덮여 있어서 앨리스는 누가 누군지 구분할 수가 없었지만, 곧 뿔을 보고 유니콘을 구별할 수 있었다.

앨리스와 하얀 왕, 삼월 토끼는 다른 전령인 모자 장수 근처로 가서 자리를 잡았다. 모자 장수는 한 손에는 차를, 다른 손에는 버터빵을 들고 싸움을 구경하고 있었다.

“모자 장수는 방금 감옥에서 나왔어. 감옥에 들어갈 때 차를 다 못 마신 채로 들어갔지.”

삼월 토끼가 앨리스에게 속삭였다.

“근데 감옥에서는 굴 껍데기만 줬데. 그래서 배도 아주 고프고 목이 마를 거야. 잘 지냈어, 모자 장수?”

---

* 광포한 성질을 가진 가공의 동물이다.

삼월 토끼는 친한 듯이 모자 장수의 목에 팔을 두르고 말했다. 모자 장수는 돌아보고 아는 체를 하더니 계속 버터빵을 먹었다.

"친구야, 감옥은 괜찮았어?"

삼월 토끼가 물었다.

모자 장수는 한 번 더 돌아봤다. 눈물이 한두 방울 뺨을 타고 흘러내릴 뿐, 그는 아무 말도 하지 않았다.

"말을 해봐, 말을!"

삼월 토끼가 조바심을 내며 소리쳤다. 하지만 모자 장수는 우적우적 빵을 씹으며 차만 마셨다.

"말을 하라, 어서! 싸움은 어떻게 되어가고 있느냐?"

왕이 외쳤다.

모자 장수가 커다란 버터빵 조각을 온 힘을 다해 꿀꺽 삼켰다.

"아주 잘 싸우고 있습니다. 각각 여든일곱 번씩 상대를 쓰러뜨렸습니다."

모자 장수가 목멘 소리로 말했다.

"그러면 저들은 곧 하얀 빵과 갈색 빵을 받겠네요?"

앨리스가 끼어들었다.

"빵은 이미 준비되어 있어. 지금 내가 먹고 있는 게 그 빵 조각이야."

모자 장수가 말했다.

그때 잠깐 싸움이 멈췄다. 사자와 유니콘은 주저앉아서 헐떡였고 왕은 "10분간 휴식!"이라고 외쳤다. 삼월 토끼와 모자 장수는 즉시 하얀 빵과 갈색 빵이 든 접시를 나르기 시작했다. 앨리스가 한 조각 집어 맛을 보았는데 아주 퍽퍽했다.

"오늘은 더 싸울 것 같지는 않군. 가서 북을 치라고 하라."

왕이 모자 장수에게 말했다. 모자 장수는 메뚜기처럼 폴짝폴짝 뛰어갔다.

한동안 앨리스는 모자 장수를 보며 가만히 서 있었다. 갑자기 앨리스의 표정이 밝아졌다.

"보세요, 저길 보세요!"

앨리스가 손가락으로 뭔가를 열심히 가리키면서 소리쳤다.

"하얀 여왕님이 마을을 가로질러 달려오고 있어요! 저쪽 숲에서 날듯이 달려오고 있어요. 여왕님들은 정말 빨리 달릴 수 있나 봐요!"

"적들이 쫓아오는 게 분명해. 숲에는 놈들이 가득하니까."

왕이 그쪽을 쳐다보지도 않고 말했다.

"그럼 여왕님을 도우러 가야 하는 거 아닌가요?"

앨리스가 왕의 차분한 반응에 너무 놀라서 물었다.

"괜찮아, 괜찮아! 여왕은 엄청나게 빨리 달리니까. 밴더스내치를 따라잡는 게 더 쉬울걸! 뭐, 네가 원한다면 여왕에 대해 수첩에 기록을 해두도록 하지……. 여왕은 정말 멋진 생명체다."

왕은 수첩을 펴면서 조용히 혼자 중얼거렸다.

"생명체라고 쓸 때 'ㅔ'야, 'ㅐ'야?"

이때 유니콘이 호주머니에 손을 찔러 넣고 어슬렁거리며 다가왔다.

"이번에는 내가 정말 잘 싸웠죠?"

유니콘이 지나가면서 왕을 슬쩍 보며 말했다.

"그래……, 조금."

왕이 좀 신경질적으로 대답했다.

"그래도 뿔로 사자를 들이받는 건 좀 아니지."

"안 다쳤으면 됐죠."

유니콘이 무심하게 대답하며 지나가다가 앨리스를 봤다. 그러더니 곧장 몸을 돌려 못 볼 것을 보기라도 한 듯이 한동안 앨리스를 빤히 쳐다봤다.

"이게…… 뭐지?"

마침내 유니콘이 물었다.

"어린애야! 우리도 오늘 발견했어. 실물 크기에다가 실제보다 두 배는 더 자연스러워 보여!"

삼월 토끼가 신나서 대답했다. 그는 앨리스 앞으로 와서 앵글로색슨의 풍습대로 양손을 내밀고 앨리스를 소개했다.

"애들은 그저 이야기 속에나 나오는 괴물이라고 생각했는데! 정말 살아 있는 거야?"

유니콘이 물었다.

"말도 해."

삼월 토끼가 진지하게 대답했다.

유니콘은 꿈이라도 꾸는 듯이 앨리스를 바라보며 말했다.

"말해봐, 아이야."

"나도 유니콘은 그냥 이야기 속에나 나오는 괴물이라고 생각했어요! 살아 있는 것도 처음 봤고요!"

앨리스가 활짝 웃으면서 말했다.

"그럼 이제 우리는 서로를 실제로 본 거구나. 만약 네가 내 존재를 믿어주면, 나도 널 믿어주마. 공평하지?"

유니콘이 말했다.

"네, 그래요."

앨리스가 대답했다.

"늙은 왕, 이제 건포도 케이크나 줘요! 갈색 빵은 됐어요!"

유니콘이 왕에게로 몸을 돌리고 말했다.

"알았네, 알았어!"

왕이 중얼거리면서 삼월 토끼에게 손짓했다.

"가방을 열어라! 빨리! 그거 말고……, 그건 건초더미잖아!"

왕이 속삭였다.

삼월 토끼는 가방에서 커다란 케이크를 꺼내서 앨리스에게 들고 있으라며 주었다. 그동안 그는 접시와 커다란 칼을 꺼냈다. 그게 다 어떻게 가방에서 나오는지 앨리스는 알 수가 없었다. 마치 마술 같았다.

그러는 동안 사자가 다가왔다. 그는 아주 피곤하고 졸려 보였으며 눈이 반쯤 감겨 있었다.

"이게 뭐야!"

사자가 앨리스를 보고 천천히 눈을 깜빡이며 말했다. 깊고 공허한 사자의 목소리는 마치 커다란 종소리 같았다.

"이게 뭘까? 절대 못 맞힐걸. 나도 못 맞혔거든."

유니콘이 외쳤다.

사자는 앨리스를 지친 눈으로 쳐다봤다.

"닌 동물이냐……, 아니면 채소……, 음, 광물?"

사자는 말할 때마다 하품을 쩍쩍했다.

"이야기 속에 나오는 괴물이지!"

유니콘이 앨리스가 뭐라고 대답하기도 전에 외쳤다.

"그렇다면 괴물아, 내게 건포도 케이크를 다오."

사자가 엎드려서 앞발 위에 턱을 올려놓으며 말했다.

"그리고 둘 다 앉아. 공평하게 케이크를 나눠 먹어야지!"

사자는 다시 왕과 유니콘을 보며 말했다. 왕은 달리 앉을 곳이 없어서 아주 불편한 표정으로 거대한 두 생명체 사이에 앉았다.

"지금 우리는 왕관을 놓고 싸우고 있지!"

유니콘이 음흉한 눈빛으로 왕관을 바라보며 말했다. 불쌍한 왕은 머리가 떨어져나갈 것처럼 덜덜 떨었다.

"내가 쉽게 이길 거야."

사자가 말했다.

"글쎄다."

유니콘이 말했다.

"왜, 내가 온 마을을 돌면서 널 때려줬잖아, 이 애송아!"

사자가 화가 나서 몸을 반쯤 일으키며 말했다.

그러자 왕이 싸움을 막으려고 끼어들었다. 그는 매우 초조해 보였고 목소리가 덜덜 떨렸다.

"온 마을을 돌았다고? 정말 오래 걸렸겠군. 그러면 옛 다리도 가봤나? 시장도 가봤고? 그 다리가 전망이 제일 좋지."

"그건 나도 잘 모르겠는데. 먼지가 워낙 많이 일어서 잘 보이지 않았거든요. 근데 저 괴물은 케이크 자르는 데 왜 이렇게 오래 걸려!"

사자가 다시 엎드리며 으르렁거렸다.

앨리스는 작은 개울가에 앉아서 무릎 위에 커다란 쟁반을 올려놓고 커다란 칼로 열심히 케이크를 잘랐다.

"정말 짜증나! 벌써 몇 조각이나 잘랐는데도 자꾸 케이크가 붙어버려요!"

앨리스가 사자의 말에 대답했다. (앨리스는 '괴물'이라고 불리는 것에 익숙해졌다.)

"거울나라에서 케이크를 어떻게 잘라야 하는지 모르는구나. 먼저 케이크를 나눠주고 그다음에 자르는 거야."

유니콘이 말했다.

말도 안 되는 소리 같았지만 앨리스는 순순히 일어나서 접시를 나눠줬다. 그러자 앨리스가 잘랐던 대로 케이크가 스스로 세 조각으로 나눠졌다.

"이제 케이크를 잘라."

앨리스가 빈 접시를 들고 자리로 돌아오자 사자가 말했다.

"이건 불공평해! 저 괴물이 나보다 사자한테 두 배나 큰 걸 줬어!"

유니콘이 소리쳤다. 앨리스는 한 손에 칼을 든 채로 어떻게 해야 할지 몰라서 어리벙벙하게 자리에 앉았다.

"그런데 자기 몫은 남겨두지도 않았네. 건포도 케이크 줄까, 괴물아?"

사자가 물었다.

하지만 앨리스가 뭐라 대답하기도 전에 북이 울렸다.

어디서 나는 북소리인지는 알 수 없었다. 사방이 북소리로 가득 차더니 귀가 먹먹해지고 머릿속까지 울렸다. 앨리스는 너무 무서워서 일어나 작은 개울을 뛰어넘었다.

개울 건너편에서는 사자와 유니콘이 식사를 방해받자, 화가 나서 벌떡 일어나는 모습이 보였다. 앨리스는 무릎을 꿇고 두 손으로 귀를 막았지만 끔찍한 소리는 사라지지 않았다.

'만약 저 소리가 사자와 유니콘을 마을 밖으로 쫓아내지 못한다면, 어떤 것도 사자와 유니콘을 마을 밖으로 쫓아내지 못할 거야!'

앨리스는 속으로 생각했다.

8

그건 내가 발명한 거야

잠시 후에 시끄러운 소리가 잦아들고 모든 것이 침묵에 빠졌다. 앨리스는 놀라 고개를 발딱 들었다. 아무도 보이지 않았다. 처음에는 사자와 유니콘과 괴상한 앵글로색슨 전령이 꿈인 줄로만 알았다. 하지만 발아래에는 건포도 케이크를 자르려고 애썼던 커다란 접시가 놓여 있었다.

"그러니까 꿈이 아닌 거네. 우리가 모두 같은 꿈속에 있는 게 아니라면 말이야. 꿈이라고 해도 붉은 왕의 꿈이 아니라 내 꿈속이면 좋겠다! 다른 사람의 꿈속에 등장하는 건 싫어!"

앨리스는 불만스러운 말투로 계속 말했다.

"맘을 단단히 먹고 가서 왕을 깨워야겠어. 무슨 일이 일어날지 봐야겠어!"

그때 커다란 외침 소리가 들려왔고 앨리스는 하던 생각을 멈췄다.

"이랴! 이랴! 체크!"

붉은 갑옷을 입은 기사가 커다란 곤봉을 휘두르며 말을 타고 달려왔다. 그는 앨리스 앞에서 갑자기 멈춰서더니 이렇게 외쳤다.

"넌 나의 포로다!"

그러고는 말에서 굴러 떨어졌다.

그 순간 앨리스는 자신보다 기사가 걱정되어 깜짝 놀랐고, 기사가 다시 말에 오르는 것을 걱정스럽게 지켜봤다. 붉은 기사는 안장에 편안하게 오르자마자 다시 한번 더 말했다.

"넌 나의……."

하지만 이때 다른 목소리가 들려왔다.

"이랴! 이랴! 체크!"

앨리스는 놀라서 새로운 적을 돌아다봤다.

이번에는 하얀 기사였다. 그는 앨리스의 옆으로 말을 몰고 와서 붉은 기사와 마찬가지로 말에서 툭 떨어졌다. 두 기사는 한동안 아무 말 없이 서로를 쳐다봤다. 앨리스는 어찌할 바를 몰라 이쪽저쪽을 번갈아가며 바라봤다.

"이 아이는 내 포로다!"

붉은 기사가 마침내 입을 열었다.

"그렇지만 내가 이 아이를 구했어!"

하얀 기사가 대답했다.

"그렇다면 이 아이를 놓고 싸우자."

붉은 기사가 안장에 걸려 있던 말머리 모양의 투구를 쓰며 말했다.

"전투 규칙은 잘 알겠지?"

하얀 기사도 역시 투구를 쓰며 말했다.

"알다마다."

붉은 기사가 말했다. 그들은 분노에 차서 서로 싸우기 시작했다. 앨리스는 다칠까 봐 무서워서 나무 뒤에 숨어 있었다.

"전투의 규칙이 뭔지 궁금하네."

앨리스는 겁먹은 채 나무 뒤에서 싸움을 훔쳐보면서 중얼거렸다.

"첫 번째 규칙은 아마도 한 기사가 다른 기사를 치면 맞은 기사는 말에서 떨어져야 하나 봐. 만약 빗맞히면 자기가 떨어져야 하고. 또 다른 규칙은 어릿광대처럼 손에 곤봉을 들고 있어야 하는 거 같아. 펀치와 주디*처럼 말이야. 떨어질 때 나는 소리가 엄청 시끄러워! 벽난로 앞 난로망으로 부삽이나 부젓가락 같은 것이 와장창 떨어지는 소리 같잖아! 그런데 말들은 어떻게 저리 얌전하지! 기사들이 마치 탁자를 오르내리는 거 같아!"

---

* 영국의 우스꽝스러운 꼭두각시 인형극이다.

앨리스가 눈치채지 못한 또 다른 규칙은 항상 머리부터 떨어지는 거였다. 그리고 싸움은 둘 다 머리부터 나란히 떨어지면서 끝났다. 붉은 기사와 하얀 기사는 다시 일어나서 악수를 했고, 붉은 기사는 말에 올라타고 전속력으로 달려갔다.

"정말 영광스러운 승리야. 그렇지?"

하얀 기사가 숨을 몰아쉬며 말했다.

"글쎄요."

앨리스는 애매하게 말했다.

"전 누구의 포로도 되고 싶지 않아요. 여왕이 되고 싶어요."

"다음 개울을 건너면 그렇게 될 거야. 숲 끝까지 바래다줄게. 그다음엔 헤어져야 해. 난 그곳까지밖에 못 움직여."

하얀 기사가 말했다.

"정말 감사합니다. 투구 벗는 걸 도와드릴까요?"

앨리스가 말했다. 투구는 혼자서 벗기 힘들어 보였다. 앨리스는 여러 번 이리저리 흔들어서 투구를 벗겨냈다.

"이제 좀 숨을 편히 쉬겠네."

온화한 얼굴의 하얀 기사가 양손으로 헝클어진 머리를 쓸어 넘기며 크고 다정한 눈으로 앨리스를 보면서 말했다. 앨리스는 그렇게 이상하게 생긴 기사는 처음 보았다.

그는 몸에 너무 꽉 끼는 양철 갑옷을 입고 있었고, 어깨에는 뚜껑이 열린 괴상한 모양의 전나무 상자를 거꾸로 둘러메고 있었다. 앨리스는 아주 흥미롭게 그 상자를 쳐다봤다.

"내 작은 상자가 신기한 모양이구나."

기사가 다정한 목소리로 말했다.

"이건 옷과 샌드위치를 넣으려고 내가 발명한 거란다. 거꾸로 메고 있어서 안으로 비가 들어가지 않지."

"그러면 물건들이 떨어지잖아요. 뚜껑이 열린 거 아세요?"

앨리스가 상냥하게 말했다.

"몰랐어. 그럼 모든 게 떨어져버렸겠네! 안에 물건이 없으면 상자는 아무 소용도 없는데."

속상한 표정으로 기사가 말했다. 그는 어깨에서 상자를 풀어 풀숲으로 던져버리려고 했다. 그런데 그때 무슨 생각이 떠올랐는지 상자를 조심스레 나무 위에 올려놨다.

"내가 왜 이러는지 아니?"

하얀 기사가 앨리스에게 물었다.

앨리스는 머리를 가로저었다.

"벌들이 이 안에 벌집을 지을지도 몰라. 그러면 난 꿀을 얻을 수 있잖아."

"이미 안장에 벌집 같은 게 달려 있는데요."

앨리스가 말했다.

"그래. 저것도 좋은 벌집이지."

기사가 불만스러운 목소리로 말했다.

"정말 좋은 거야. 하지만 아직 벌이 한 마리도 없어. 다른 것들은 쥐덫인데, 내 생각에 쥐가 벌들을 못 오게 하는 거 같아. 아니면 벌들이 쥐를 못 오게 하는지도. 어떤 게 맞는지는 나도 모르겠네."

"쥐덫은 무엇에 쓰려고요? 말 엉덩이에 쥐가 돌아다니지는 않을 텐데."

앨리스가 물었다.

"쥐가 없을지도 모르지. 하지만 혹시라도 쥐가 와서 사방을 뛰어다니면 곤란하잖아."

기사가 말했다. 그러고는 잠시 뜸을 들이다가 다시 말을 이었다.

"모든 일은 미리 준비해놓는 게 좋아. 그래서 말이 발목에 저런 발찌를 차고 있는 거야."

"발찌는 왜 차는데요?"

앨리스가 아주 궁금한 목소리로 물었다.

"상어에게 물리는 걸 방지하는 거지. 내가 발명한 거야. 말 타는 것 좀 도와줘. 내가 숲 끝까지 바래다주마……. 그런데 그 접시는 뭐지?"

기사가 물었다.

"건포도 케이크를 담았던 거예요."

앨리스가 말했다.

"가져가는 게 좋겠군. 건포도 케이크가 생기면 쓸모 있을 거야. 가방에 접시 넣는 것 좀 도와줘."

기사가 말했다.

가방에 접시를 넣는 데 꽤 오래 걸렸다. 앨리스가 가방 입구를 조심스럽게 계속 벌리고 있었지만, 기사는 접시를 집어넣지 못했다. 처음 두세 번은 기사가 가방 안으로 들어갈 뻔하기도 했다.

"가방이 꽉 찼군. 가방 안에 촛대가 많이 들어 있거든."

마침내 접시를 가방에 넣고 그가 말했다.

하얀 기사는 안장에 가방을 걸었다. 안장에는 이미 당근 다발, 난로용 철물, 다른 잡동사니들이 가득 매달려 있었다.

"머리를 묶는 게 어떠냐?"

출발하면서 그가 말했다.

"항상 이런걸요."

앨리스가 웃으며 말했다.

"지금 상태로는 안 될 거야. 여기는 바람이 아주 맵거든. 고추만큼 맵지."

하얀 기사가 걱정스럽게 말했다.

"바람에 머리카락이 안 날리게 할 방법은 발명 안 했어요?"

앨리스가 물었다.

"아직. 하지만 머리카락이 떨어지는 것을 방지할 방법은 발명했지."

기사가 말했다.

"그 방법이 뭔지 꼭 들어보고 싶어요."

"먼저 곧은 막대기를 든 다음에 머리카락을 막대기에 감아올리는 거지. 마치 과일나무처럼 말이야. 머리카락이 떨어지는 것은 머리카락이 아래로 늘어져 있어서야. 위로 떨어지는 것들은 없잖아. 이게 내가 발명한 방법이야. 원한다면 해봐도 좋아."

기사가 말했다.

앨리스 생각에 편리한 방법은 아닌 것 같았다. 앨리스는 한동안 그 방법에 대해 골똘히 생각하면서 조용히 걸었고, 가끔 멈춰 서서 말을 잘 타지 못하는 불쌍한 기사를 도와주었다.

말이 멈출 때마다(그런 일이 자주 있었다) 하얀 기사는 앞으로 꼬꾸라졌고, 말이 다시 출발할 때마다(말은 갑작스럽게 출발했다) 뒤로 떨어졌다. 그렇지 않을 때면 가끔씩 옆으로 떨어졌는데, 그런 것만 빼면 꽤 잘 탔다. 기사는 대개 앨리스가 걷는 쪽으로 떨어졌고, 앨리스는 말 바로 옆에서 걷지 않는 게 좋겠다고 생각했다.

"승마 연습을 별로 안 했나 봐요."

기사가 다섯 번째로 떨어졌을 때, 앨리스는 그를 도와주면서 용기를 내어 물어봤다. 기사는 이 말에 매우 놀라고 약간 기분이 상한 듯했다.

"왜 그렇게 생각하지?"

하얀 기사가 간신히 말안장에 올라타면서 물었다. 그는 혹여나 반대쪽으로 떨어질까 봐 한 손으로는 앨리스의 머리를 잡고 있었다.

"왜냐하면 연습을 아주 많이 하면 이렇게 자주 떨어지지 않거든요."

"난 연습을 많이 했어. 아주 많이 했다고!"

기사가 꽤 진지하게 말했다.

앨리스는 아무리 생각해도 "정말요?"라는 말밖에 다른 할 말

이 없어서 가능한 한 부드럽게 말했다. 한동안 두 사람은 조용히 걸었다. 기사는 눈을 감고 중얼거렸다. 앨리스는 그가 또 떨어질까 봐 걱정스레 그 모습을 지켜봤다.

"승마에서 중요한 기술은……."

하얀 기사가 갑자기 오른팔을 흔들면서 큰 소리로 말하기 시작했다.

"유지하는 거지……."

기사는 말을 시작했을 때처럼 갑자기 말을 끝냈다. 왜냐하면 앨리스가 걸어가는 곳 바로 앞으로 쿵 하고 머리를 박으며 떨어졌기 때문이다. 이번에 앨리스는 너무 놀라서 기사를 일으켜 주며 걱정스러운 목소리로 물었다.

"뼈가 부러진 건 아니죠?"

"이 정도야 뭐."

기사는 뼈 두세 개 정도는 부러져도 아무렇지 않다는 듯이 말했다.

"승마에서 중요한 기술은, 아까 말했듯이……, 균형을 잘 유지하는 거야. 이렇게……."

기사는 고삐를 놓고 양팔을 뻗어 앨리스에게 균형 잡기를 보여주었다. 하지만 이번에는 말발굽 아래로 벌러덩 큰대자로 떨어져버렸다.

"연습을 많이 했어! 아주 많이 했다고!"

기사는 앨리스가 일으켜 세워주는 내내 이 말을 반복했다.

"정말 안 되겠어요! 차라리 바퀴 달린 목마를 타는 게 좋겠어요. 그러셔야 해요!"

이번에는 앨리스도 인내심을 잃고 외쳤다.

"그 말은 부드럽게 가나 보지?"

기사가 아주 흥미를 보이며 물었다. 그는 또 떨어지려는 찰나에 말의 목을 두 팔로 껴안았다.

"살아 있는 말보다는 훨씬 부드럽게 가죠."

앨리스는 어떻게든 웃음을 참아보려 했지만 결국 웃음을 터뜨리며 말했다.

"나도 한 마리 사야겠군. 한두 마리……, 아니면 여러 마리."

기사가 생각에 잠겨 말했다. 그리고 잠시 아무 말 없이 가던 기사가 다시 입을 열었다.

"난 발명하는 데 재주꾼이지. 너도 눈치챘을지 모르겠는데, 마지막에 네가 나를 일으켜줬을 때 내가 생각에 잠겨 있는 거 같지 않던?"

"약간 심각해 보였어요."

앨리스가 말했다.

"음, 바로 그때 문을 넘어가는 새로운 방법을 발명하고 있었지. 들어볼래?"

"네, 듣고 싶어요."

앨리스는 공손하게 말했다.

"어떻게 그 생각을 하게 되었는지 말해줄게. '머리는 이미 높은 곳에 있으니까 문제는 바로 발이야'라고 혼잣말을 하다가 생각해냈지. 머리를 문 위에 둔 채로 물구나무를 서는 거지. 그러면 발이 높은 곳에 있게 되고, 그대로 문을 넘어가면 돼."

기사가 말했다.

"네, 그렇게 하면 문을 넘어갈 수 있겠네요. 근데 너무 힘들지 않을까요?"

앨리스가 생각에 잠겨 말했다.

"아직 시도해보지 않아서 확실하게 말해줄 수는 없어. 하지만 조금 어려울 것 같기도 하네."

기사가 진지하게 말했다. 그가 그 생각에 골치 아파하는 것 같아서 앨리스는 황급히 화제를 바꿨다.

"투구가 정말 특이하게 생겼어요! 이것도 기사님이 직접 발명했어요?"

앨리스가 신난 목소리로 물었다.

기사는 안장에 걸린 투구를 자랑스럽게 내려다봤다.

"그래. 하지만 이것보다 더 멋진 투구도 발명했지. 슈가로프* 처럼 생긴 투구였어. 그것을 쓰고 말에서 떨어지면 투구가 항상 땅에 먼저 닿아서 난 거의 땅바닥에 떨어지지 않았지. 대신 내가 투구 안으로 떨어질 위험이 있었는데, 실제로 그런 일이 있었어. 가장 끔찍했던 것은 다른 하얀 기사가 자기 투구인 줄 알고 써버린 거지. 내가 아직 투구 안에 있었는데 말이야."

기사가 어찌나 근엄한 표정으로 말을 하는지, 앨리스는 감히 웃을 수가 없었다.

"머리 위에 다른 사람이 있어서 그 기사님이 아팠겠어요."

앨리스가 웃겨서 떨리는 목소리로 말했다.

"당연히 내가 그를 발로 차버렸지. 그러자 투구를 다시 벗더라고. 하지만 투구에서 나오는 데 몇 시간이나 걸렸어. 난 번개처럼 빠르거든."**

기사가 아주 진지하게 말했다.

"하지만 그건 꽉 끼어 있다는 뜻이잖아요."

앨리스가 반박했다.

기사는 머리를 가로저었다.

"장담하건데 그건 빠르다는 뜻이야."

기사는 이 말을 하면서 조금 흥분했는지 손을 들어 올렸다가, 그대로 안장에서 떨어져 깊은 도랑에 머리를 처박고 말았다.

앨리스는 도랑 쪽으로 달려갔다. 기사가 한동안 말을 잘 타

---

* 각설탕과 가루설탕이 생산되기 전 19세기까지 생산되던 원뿔 모양의 설탕 덩어리다.

** 영어에서 'fast'는 '빠른'과 '단단히 고정된, 꽉 낀'의 두 가지 뜻이 있는데, 하얀 기사가 의미를 잘못 사용하고 있다.

고 있었기에 더 놀랐고, 이번에는 진짜로 다쳤을까 봐 걱정이 되었다. 비록 기사의 구두 밑창밖에 안 보였지만 다행히 목소리는 괜찮아서 앨리스는 안심했다.

"그건 빠르다는 뜻이야. 어쨌든 남의 투구를 쓴 게 잘못이지. 게다가 그 안에 사람이 들어 있는데 말이야."

기사가 말했다.

"머리가 거꾸로 박힌 채로 어떻게 그리 침착하게 말할 수 있어요?"

앨리스가 기사의 발을 잡고 도랑 위로 끌어올리며 물었다.

기사는 그 질문에 놀란 듯했다.

“몸이 거꾸로든 아니든 무슨 상관이야? 마음은 똑같이 움직이는데. 사실 머리가 아래에 있을수록 나는 새로운 발명을 더 잘해.”

기사가 말했다. 그는 잠시 멈췄다가 다시 말을 이었다.

“지금까지 내가 한 발명 중에 가장 멋진 건 말이야, 메인 코스인 고기 요리를 먹다가 새로운 디저트를 발명한 거지.”

“그럼 먹고 있던 고기 요리 다음에 바로 먹을 수 있게 디저트를 제때 만들었어요?”

앨리스가 물었다.

“음, 고기 요리 다음에 못 먹었어. 아니야, 분명히 메인 코스 다음에 못 먹었지.”

기사가 생각에 잠겨서 느릿느릿 말했다.

“그러면 다음 날 먹었겠네요. 저녁 식사에 디저트를 두 번 먹지는 않잖아요.”

앨리스가 물었다.

“음, 다음 날도 안 먹었어. 다음 날도 안 먹었지.”

기사가 되풀이해서 말했다. 그리고 고개를 숙인 채 계속 말을 이었다. 목소리가 점점 더 작아졌다.

“디저트를 만들지도 않았던 거 같아! 그리고 사실 만들 일도 없을 거야! 그래도 난 아주 맛있는 디저트를 발명했어.”

“뭐로 만들 생각이었는데요?”

앨리스는 불쌍한 기사가 너무 힘이 없어 보여 기운을 북돋아 주려고 질문을 던졌다.

"압지*로 만들 생각이었지."

기사가 신음을 토하며 대답했다.

"맛이 없을 거 같은데……."

"그것만으로는 별로지."

기사가 앨리스의 말을 끊으며 말했다. 그리고 조용히 계속 말을 이었다.

"하지만 넌 압지에 화약과 봉랍을 섞으면 어떻게 달라지는지 모를 거야. 여기서 너와 헤어져야겠다."

두 사람은 막 숲 끝에 다다랐다.

계속 디저트 생각만 하고 있던 앨리스는 당황했다.

"너 슬프구나. 널 위로하는 의미로 노래를 불러줄게."

기사가 걱정스러운 목소리로 말했다.

"노래가 긴가요?"

앨리스는 그날 시를 아주 많이 들었기 때문이다.

"길어. 하지만 아주, 아주 아름답지. 내가 노래를 하면 사람들은 모두 눈물을 흘리거나 아니면……."

"아니면 뭐요?"

---

* 잉크나 먹물 등이 번지지 않게 위에서 눌러 물기를 빨아들이는 종이다.

기사가 갑자기 말을 멈춰서 앨리스가 물었다.

"아니면 눈물을 흘리지 않지. 이 노래는 '해덕의 눈알'이라고 불려."

"아, 노래 제목이 그거예요?"

앨리스가 흥미 있는 척 말했다.

"아니, 이해를 못하는구나. 그렇게 불린다고. 진짜 제목은 '늙디늙은 늙은이'야."

기사가 약간 짜증난 듯이 말했다.

"그럼 제가 '그 노래가 그렇게 불리는군요?'라고 물었어야 하네요."

앨리스가 정정했다.

"아니, 그러면 안 돼. 그건 아주 다른 거야! 그 노래는 '방법과 수단'이라고 불린다고. 하지만 단지 그렇게 불릴 뿐이야!"

"음, 그럼 그 노래는 뭔데요?"

이번에 앨리스는 완전히 당황해서 물었다.

"말하려고 했어. 그 노래는 실제로 〈문 위에 앉아서〉야. 내가 작곡했지."

기사가 말했다.

그는 말을 세우고 고삐를 말의 목에 올려놓은 다음, 천천히 한 손으로 박자를 맞추었다. 마치 음악을 즐기는 듯한 표정으로, 다정하면서도 어딘지 바보 같은 표정에 엷은 미소를 띠고 노래를 시작했다.

이 장면은 앨리스가 거울나라를 여행하면서 본 이상한 것들 중에 가장 선명하게 기억하는 장면이었다. 몇 년이 지나도 마치 어제 일처럼 다시 떠올릴 수 있었다. 기사의 옅은 푸른 눈과 다정한 미소, 머리카락 사이로 비치던 석양과 갑옷에 부딪쳐 반짝이던 황홀한 햇살, 고삐를 목에 느슨하게 드리우고 느릿느릿 움직이며 풀을 뜯어먹던 말 그리고 그 뒤로 펼쳐진 숲의 검은 그림자……. 이 모든 것이 사진처럼 머릿속에 박혀 있었다. 앨리스는 한 손으로 손그늘을 만들어 햇빛을 가렸다. 그리고 나무에 기대어 그 이상한 말과 기사를 지켜보며 반쯤은 잠든 채 구슬픈 노래를 들었다.

"이 노래는 기사가 지은 게 아니야. 이건 〈난 그대에게 모든 것을 주었네, 더 이상은 없네〉라는 노래잖아."

앨리스가 혼자 중얼거렸다. 그리고 서서 귀 기울여 노래를 들었지만 눈물은 나오지 않았다.

그대에게 모든 것을 말해줄게요

이야기해줄 게 거의 없지만

난 문 위에 앉아 있는

늙디늙은 늙은이를 보았지

"늙은이여, 당신은 누구신가요?" 내가 물었네

"어떻게 살아가나요?"
그의 대답이 내 머릿속으로 흘러들어왔네
체 사이로 물이 흘러나가듯이

그는 말했네
"난 밀밭에서 잠자는 나비를 찾아유
나비를 넣은 양고기 파이를 만들어
길에서 팔지유
폭풍우 치는 바다를
항해하는 사람들에게도 팔아유
그게 내가 먹고사는 방법이어유
빵 사게 조금만 줍쇼 하지유"
난 수염을 푸르게 염색할
생각을 하고 있었네
그런 다음 항상 커다란 부채로 가려서
사람들이 못 보게 하려고 했지
그래서 늙은이가 뭐라 하든
대꾸도 안 하고
"어떻게 살아가는지 말해달라고요!"라고 외치며
늙은이의 머리를 쳤지

늙은이는 부드러운 목소리로 이야기를 시작했네
"나는 길을 가다가
산속의 실개천을 발견하면
불을 질러유
그러면 사람들이 롤랜즈의 마카사르 오일이라는
물건을 만들지유
하지만 2펜스 반 페니가
내 수고의 대가 전부지유"

하지만 난 반죽을 먹고 사는
방법에 대해 생각하고 있었네
그러면 날이 갈수록
점점 살이 찌겠지
난 늙은이의 얼굴이 파랗게 질릴 때까지
이쪽저쪽으로 흔들었네
"어떻게 살아가는지 말해줘요
뭘 하고 사는지 말해달라고요!"

늙은이가 말했지
"나는 야생화들이 빛나는 곳에서
해덕의 눈알을 골라

조용한 밤에
조끼 단추를 만들어유
반짝이는 금화나 은화를 받고
팔지는 않아유
고작 동으로 된 반 페니를 받고 팔지유
반 페니로 아홉 개를 살 수 있어유

가끔 버터 롤을 찾기 위해 땅을 파기도 하고
게를 잡으려고 끈끈이 가지를 놓기도 해유
가끔 이륜마차의 바퀴를 찾으려고
푸른 언덕을 뒤지기도 해유

이게 내가 살아가는 방법이어유(늙은이는 윙크를 했네)
그렇게 돈을 벌지유
당신의 건강을 위해
내 기꺼이 건배를 할게유"

난 이제야 그의 말이 들렸네
방금 어떤 생각을 끝마쳤거든
메나이 다리가 녹스는 걸 막으려면
포도주에 담가 끓이는 거야
난 늙은이가 어떻게 돈을 버는지
말해줘서 아주 많이 고마웠네
특히 나의 건강을 위해
건배해준 것에

만약 내 손가락에
아교가 묻거나
또는 오른발을 미친 듯이
왼쪽 신발에 구겨 넣거나
아니면 발톱에
아주 무거운 것이 떨어지거나 하면
나는 훌쩍이네

내가 알던 늙은이가 떠올라서

온화한 얼굴에 말이 느리고
머리는 눈보다 더 하얗고
까마귀처럼 생긴 얼굴에
눈은 잉걸불처럼 타오르고
슬픔에 넋이 나가
몸을 이리저리 흔들며
입안이 반죽으로 가득 찬 것처럼
낮게 중얼거리는,
버팔로처럼 힝힝대는,
먼 옛날 여름날 저녁
문 위에 앉아 있던 늙은이가

기사가 노래의 마지막 구절을 부른 다음, 고삐를 잡고 왔던 길 쪽으로 말머리를 돌렸다.

"몇 미터만 더 가면 돼. 언덕을 내려가서 작은 개울만 넘으면 넌 여왕이 될 거야……. 하지만 그전에 내가 떠날 때까지 기다려줄래?"

기사가 말했다. 앨리스가 그가 가리킨 곳만 열심히 바라보자 이렇게 덧붙였다.

"별로 오래 걸리지 않을 거야. 잠깐 기다렸다가 내가 길모퉁이에 닿으면 손수건을 흔들어줘. 그럼 기운이 날 거 같아."

"그럼요, 기다릴게요. 그리고 이렇게 멀리 배웅해주셔서 감사합니다……. 노래도 정말 좋았어요……."

앨리스가 말했다.

"노래가 좋았다니 다행이구나. 하지만 내가 생각했던 것만큼 많이 울지는 않던데."

기사가 의심스러운 듯이 말했다. 그는 앨리스와 악수를 한 후, 숲을 향해 천천히 말을 몰았다.

"기사님을 배웅하는 건 그리 오래 걸리지 않을 거야."

앨리스는 기사가 가는 것을 보면서 혼자 중얼거렸다.

"저기 기사님이 가네! 또 머리부터 떨어졌어! 하지만 꽤 쉽게 올라타는걸. 하긴 말에 저렇게 많은 물건이 주렁주렁 달려 있으니……."

앨리스는 계속 혼잣말을 하며 말이 느릿느릿 걸어가는 것을 지켜봤다. 기사는 한 번은 이쪽으로, 한 번은 저쪽으로 네다섯 번쯤 떨어지고 나서야 길모퉁이에 닿았고 앨리스는 그가 보이지 않을 때까지 손수건을 흔들어주었다.

"기운이 났으면 좋겠네."

앨리스가 몸을 돌려 언덕을 뛰어 내려가며 말했다.

"이제 마지막 개울만 넘으면 여왕이 되는 거야! 와, 너무 멋지다!"

몇 걸음 안 가서 곧 개울가에 다다랐다.

"드디어 여덟 번째 칸이야!"

앨리스가 개울을 뛰어넘으며 외쳤다.

앨리스는 여기저기 작은 꽃이 피어 있는 잔디 위로 떨어졌다. 잔디는 이끼처럼 부드러웠다.

"여기 오다니, 정말 기뻐! 그런데 내 머리에 이건 뭐지?"

앨리스가 놀란 목소리로 외쳤다. 손을 들어 머리를 만져보니 아주 무거운 뭔가가 머리 둘레에 꽉 끼어 있었다.

"어떻게 나도 모르는 사이에 이게 내 머리 위에 있는 거지?"

앨리스는 그것을 벗으면서 혼잣말했다. 그리고 무릎에 올려놓고 그게 무엇인지 살펴봤다.

바로 황금 왕관이었다.

9

여왕 앨리스

"와, 진짜 대단해! 내가 이렇게 빨리 여왕이 될 줄은 몰랐어. 여왕 폐하, 그럼 여왕이 어떤 건지 말씀드리죠."

앨리스는 엄숙한 목소리로 말했다. (앨리스는 항상 이렇게 자신을 가르치듯 말하는 것을 좋아했다.)

"풀밭에 아무렇게나 앉아 있으면 안 돼요! 여왕은 위엄 있게 행동해야죠!"

그래서 앨리스는 일어나 걸었다. 처음에는 왕관이 떨어질까 봐 겁나서 조금 뻣뻣한 자세로 걸었지만, 아무도 자기를 보지 않는다는 생각에 마음이 편해져서 다시 주저앉았다.

"내가 정말로 여왕이라면 이런 것도 곧 익숙해지겠지."

모든 것이 너무 이상하게 흘러가서 앨리스는 붉은 여왕과 하얀 여왕이 양옆에 앉아 있어도 크게 놀라지 않았다. 앨리스는 여왕들에게 어떻게 여기까지 왔는지 물어보고 싶었지만 예의 없는 질문일까 봐 참았다. 하지만 게임이 끝났는지는 물어봐도 괜찮을 거 같았다.

"실례지만……."

앨리스는 붉은 여왕을 바라보며 조심스럽게 물었다.

"누군가 먼저 말을 걸 때만 말하거라!"

붉은 여왕이 앨리스의 말을 뚝 끊으면서 날카롭게 말했다.

"하지만 모든 사람이 그 규칙을 따른다면, 그래서 누가 말을 걸 때만 말을 할 수 있다면, 사람들은 항상 누군가가 말을 걸기만을 기다려야 할 거예요. 그러면 아무도 말을 못하지 않을까요."

앨리스는 언제든지 작은 논쟁을 할 준비가 되어 있었다.

"우습군!"

붉은 여왕이 외쳤다.

"그런데, 얘야……."

붉은 여왕은 얼굴을 찡그리면서 잠시 말을 멈추고 생각하더니, 갑자기 대화 주제를 바꿨다.

"아까 '내가 진짜 여왕이라면'이라고 말한 뜻이 뭐지? 무슨 권리로 자신을 여왕이라 칭하는 거지? 적절한 시험을 통과하기 전까지는 여왕이 될 수 없어. 그 시험은 빨리 시작할수록 좋지."

“저는 그냥 ‘만약’이라고 했을 뿐이에요!”

가여운 앨리스가 애처로운 목소리로 말했다.

두 여왕은 서로를 쳐다봤고, 붉은 여왕이 약간 몸을 떨면서 말했다.

“단지 ‘만약’이라고 했을 뿐이래.”

“하지만 저 애는 더한 말도 했다고! 오, 그것보다 더한!”

하얀 여왕이 손을 부들부들 떨며 신음하듯 말했다.

“그랬군. 넌 항상 진실만을 말하고 말하기 전에 생각하고 말한 후에는 기록하도록 하거라.”

붉은 여왕이 앨리스에게 말했다.

“제가 한 말은 그런 의미가 아니라…….”

앨리스가 말을 시작하려고 했지만 붉은 여왕이 성급하게 말을 끊었다.

“내가 말하려는 게 바로 그거야. 넌 의미 있는 말을 했어야지! 아무 의미도 없는 아이를 어디에 쓰겠니? 심지어 농담도 의미라는 게 있는데……. 난 아이는 농담보다 더 중요하다고 생각해. 네가 아무리 두 손으로 아니라고 해도 부정할 수 없을걸.”

“전 두 손으로 아무것도 부정하지 않았어요.”

앨리스가 따지듯이 말했다.

“아무도 네가 그랬다고 말한 적 없다. 만약 네가 노력해도 그럴 수 없을 거라고 했지.”

붉은 여왕이 말했다.

"저 애는 항상 저런 식이지. 뭔가를 그냥 부정하고 싶은 거야. 뭘 부정해야 하는지도 모르면서!"

하얀 여왕이 말했다.

"고약하고 못된 성격이군."

붉은 여왕이 말했다. 한동안 불편한 침묵이 계속됐다.

"오늘 오후에 있는 앨리스의 저녁 파티에 널 초대할게."

붉은 여왕이 하얀 여왕에게 말을 걸면서 침묵이 깨졌다.

"난 널 초대할게."

하얀 여왕이 옅은 미소를 지으며 대답했다.

"전 제가 파티를 여는 줄도 몰랐어요. 하지만 파티를 연다면 제가 초대해야 하는 거잖아요."

앨리스가 말했다.

"우리가 그럴 기회를 줬잖아. 그런데 넌 아직도 예의범절 수업을 많이 못 받은 거 같구나, 그렇지?"

붉은 여왕이 말했다.

"예의범절은 수업 시간에 배우는 게 아니에요. 수업 시간에는 셈 같은 것을 배우죠."

앨리스가 말했다.

"그럼 너 덧셈할 줄 아니? 1 더하기 1 더하기 1 더하기 1 더하기 1 더하기 1 더하기 1 더하기 1 더하기 1 더하기 1은 얼마지?"

하얀 여왕이 물었다.

"글쎄요. 1이 몇 번 있는지 세다가 잊어버렸어요."

앨리스가 대답했다.

"덧셈을 못하는군. 빼기는 할 줄 아느냐? 8에서 9를 빼면 얼마지?"

붉은 여왕이 끼어들었다.

"8에서 9를 빼면…… 잘 모르겠어요."

앨리스가 바로 대답했다.

"뺄셈도 못하는군. 나눗셈은 할 줄 아느냐? 칼로 빵을 나눠 봐. 답이 뭐지?"

하얀 여왕이 말했다.

"제 생각엔……."

앨리스가 말을 하려는 순간, 붉은 여왕이 대신 대답했다.

"당연히 버터빵이지. 다른 뺄셈을 해보자. 개에게서 뼈를 빼면 뭐가 남지?"

앨리스는 생각해봤다.

"당연히 뼈는 안 남겠죠. 그리고 뼈를 빼면…… 개도 없어지겠죠. 또 개가 나를 물어버릴 테니까……, 그럼 나도 남아나지 않을 거예요!"

"그럼 아무것도 남지 않는다고 생각하는 것이냐?"

붉은 여왕이 물었다.

"제 생각에는 그게 답 같아요."

"또 틀렸구나. 개의 뚜껑이 남지."

붉은 여왕이 말했다.

"어떻게 뚜껑이 남는지 모르겠는데……."

"뼈를 빼버리면 개가 화가 나서 뚜껑이 열리겠지. 그렇지 않느냐?"

붉은 여왕이 소리쳤다.

"그럴 수도 있죠."

앨리스가 조심스레 대답했다.

"그래서 개가 가고 나면 뚜껑만 남는 거야!"

붉은 여왕이 의기양양하게 외쳤다.

"개랑 뚜껑이랑 각각 다른 길로 갈 수도 있겠네요."

앨리스는 최대한 진지하게 말했다. 하지만 '무슨 말도 안 되는 소리를 하는 거지!'라는 생각이 드는 것은 어쩔 수 없었다.

"얘는 셈을 조금도 못하는군."

여왕 둘이 '조금'을 강조하며 말했다.

"여왕님은 셈을 할 줄 아세요?"

앨리스는 그런 식으로 책잡히는 게 싫어서 하얀 여왕을 돌아보며 물었다.

하얀 여왕은 숨을 들이쉬며 눈을 감았다.

"난 덧셈은 할 수 있어. 시간만 있으면……. 하지만 뺄셈은 아무리 시간이 많아도 못해!"

"당연히 A, B, C는 알겠지?"

붉은 여왕이 물었다.

"당연히 알죠."

앨리스가 대답했다.

"그건 나도 알아. 가끔 같이 외워보자꾸나. 내가 비밀 하나 말해줄까? 난 한 글자로 된 단어를 읽을 줄도 알아! 대단하지 않느냐! 하지만 용기를 잃지 말거라. 너도 곧 그렇게 할 수 있을 테니까."

하얀 여왕이 속삭였다. 하얀 여왕의 말이 끝나자, 붉은 여왕이 다시 말을 시작했다.

"실용적인 질문에 대답할 수 있느냐? 빵은 어떻게 만들지?"

붉은 여왕이 물었다.

"알아요! 밀가루를 가지고……."

앨리스가 열심히 외쳤다.

"어디 있는 꽃*을 꺾을 건데? 정원에서, 아니면 산울타리?"

하얀 여왕이 물었다.

"꺾는 게 아니라 밀을 갈아서……."

앨리스가 설명했다.

"얼마나 넓은 땅**을 갈아야 하지? 그런 걸 빠뜨리고 얘기하면 안 돼."

하얀 여왕이 물었다.

"그 애의 머리에 바람을 부쳐줘! 생각을 너무 많이 해서 열이 날 거야."

붉은 여왕이 끼어들며 걱정스러운 목소리로 말했다. 여왕 둘은 나뭇잎이 달린 가지로 앨리스에게 부채질을 하기 시작했다. 부채질 때문에 머리카락이 너무 날렸고, 앨리스가 그만하라고

---

* 영어로 '밀가루(flour)'와 '꽃(flower)'의 발음이 같아 하얀 여왕이 잘못 이해했다.

** 영어로 'ground'에는 '땅'이라는 의미와 함께 '빻은, 가루로 간'이라는 뜻도 있다.

애원하고 나서야 겨우 부채질을 멈췄다.

“이제 좀 괜찮아 보이는군. 너 외국어는 아느냐? 피들디디가 프랑스어로 뭐지?”

붉은 여왕이 말했다.

“피들디디는 영어가 아니에요.”

앨리스가 진지하게 대답했다.

“누가 그래?”

붉은 여왕이 물었다.

이번에 앨리스는 어려운 상황에서 빠져나갈 방법을 찾았다고 생각했다.

“만약 ‘피들디디’가 어느 나라 말인지 알려주신다면 그게 프랑스어로 뭔지 알려드릴게요!”

앨리스가 의기양양하게 말했다. 하지만 붉은 여왕은 몸을 꼿꼿이 세우더니 말했다.

“여왕은 절대 거래를 하지 않는다.”

‘여왕들이 그만 좀 물어봤으면 좋겠어.’

앨리스는 생각했다.

“싸우지 마.”

하얀 여왕이 걱정스러운 목소리로 말했다. 그리고 앨리스에게 질문했다.

“번개는 왜 치지?”

"번개는 천둥 때문에 쳐요. 아니, 아니! 그 반대예요."

앨리스는 확신에 가득 차서 단호하게 말했다가 서둘러 말을 바꿨다.

"말을 바꾸기엔 너무 늦었어. 네가 한 번 말했으면 그걸로 끝이야. 넌 그 결과를 받아들여야 해."*

붉은 여왕이 말했다.

"생각나는 게 하나 있어."

하얀 여왕이 고개를 숙이고 초조하게 주먹을 쥐었다 폈다 하며 말했다.

"지난주 화요일에도 그런 천둥번개가 쳤지……. 지난주 화요일들 중에 하나가 그랬어."

"제가 사는 곳에서는 하루가 한 번만 있어요."

앨리스는 어리둥절해져서 말했다.

"정말 쪼잔하구나. 여기는 대부분 한 번에 두세 번의 낮과 밤이 있지. 때때로 겨울에는 다섯 개의 밤이 있기도 하고. 더 따뜻하라고 말이야."

붉은 여왕이 말했다.

"밤이 다섯 개 있는 게 한 번 있는 것보다 더 따뜻한가요?"

앨리스가 용기를 내어 물어봤다.

---

* 이미 둔 수를 무를 수 없는 체스의 규칙을 의미한다.

"당연히 다섯 배 더 따뜻하지."

"하지만 그런 식으로 따지면 다섯 배 더 추울 거예요."

"그렇지! 다섯 배 더 따뜻하고 다섯 배 더 춥지. 마치 내가 너보다 다섯 배 더 부자이고 다섯 배 더 똑똑한 것처럼 말이야!"

붉은 여왕이 외쳤다.

앨리스는 한숨을 쉬고 포기했다.

'답이 없는 수수께끼 같아!'

앨리스는 속으로 생각했다.

"험프티 덤프티도 봤을 거야. 그가 한 손에 코르크 따개를 들고 문 앞에 왔었거든……."

하얀 여왕이 혼잣말을 하듯이 낮은 목소리로 말을 이었다.

"뭘 하려고 왔는데?"

붉은 여왕이 물었다.

"들어오고 싶다고 했어. 그는 하마를 찾고 있었지. 공교롭게도 그날 아침에 하마가 없었어."

하얀 여왕이 말을 계속했다.

"평소에는 있어요?"

앨리스가 놀란 목소리로 물었다.

"음, 목요일에만 있지."

하얀 여왕이 말했다.

"전 험프티 덤프티가 왜 왔는지 알아요. 그는 물고기한테 벌을 주려 했거든요. 왜냐하면…….”

앨리스가 말했다. 하지만 하얀 여왕이 말을 끊었다.

“정말 무시무시한 천둥번개였어. 넌 상상도 못할걸!”

“저 아이는 상상도 못할 거야!”

붉은 여왕이 끼어들었다.

“지붕이 조금 떨어져나가서 집 안까지 천둥이 아주 많이 들어왔는데……, 방 안을 쾅쾅거리며 굴러다녀서 탁자와 물건들이 넘어갔지……. 너무 무서워서 내 이름도 잊어버리는 줄 알았다니까!”

하얀 여왕이 말했다.

‘나라면 그런 난리 중에 내 이름 같은 건 떠올려보지도 않을텐데! 아무 소용없는 짓이잖아?’

앨리스는 속으로 생각했다. 하지만 가여운 하얀 여왕이 상처받을까 봐 이 말을 입 밖에 내지는 않았다.

“앨리스 폐하, 하얀 여왕을 용서해. 나쁜 마음으로 그러는 건 아닌데 바보 같은 말을 하지 않으려고 해도 잘 안 되나 봐.”

붉은 여왕이 하얀 여왕의 한 손을 잡고 부드럽게 쓰다듬으며 말했다. 하얀 여왕이 조심스레 앨리스를 쳐다봤다. 앨리스는 뭔가 다정한 말을 해주려 했지만 아무 생각도 나지 않았다.

“하얀 여왕은 가정교육을 잘 받지 못했어. 하지만 성격이 좋은 걸 보면 참 놀라워! 머리를 쓰다듬어줘 봐. 그럼 얼마나 좋아한다고!"

하지만 앨리스는 그럴 용기가 없었다.

"작은 친절에도……, 종이 안에 하얀 여왕의 머리카락을 넣어 말아주면……, 그것만으로도 좋아라……."

붉은 여왕이 계속 말했다.

그때 하얀 여왕이 한숨을 크게 쉬더니 앨리스의 어깨에 머리를 기댔다.

"너무 졸려."

하얀 여왕이 투덜거리듯이 말했다.

"피곤하구나, 가여운 것! 머리를 쓰다듬어주렴……. 수면 모자도 빌려주고, 마음을 가라앉히는 자장가도 불러줘."

붉은 여왕이 말했다.

"수면 모자가 없는걸요. 알고 있는 자장가도 없고요."

앨리스는 붉은 여왕의 말대로 하려고 애쓰면서 말했다.

"그렇다면 내가 불러야겠군."

붉은 여왕이 노래하기 시작했다.

잘 자라, 아가씨. 앨리스의 무릎 위에서!
파티가 준비될 때까지, 낮잠 잘 시간이 있네
파티가 끝나면 무도회에 가리
붉은 여왕, 하얀 여왕, 앨리스 모두!

"이제 너도 자장가를 알겠지. 그러니까 나한테도 불러주렴. 나도 졸려."

붉은 여왕은 앨리스의 다른 어깨에 머리를 기댔다.

두 여왕은 크게 코를 골면서 잠들었다.

"이제 난 뭘 하지?"

앨리스는 당황해서 어찌할 바를 몰라 외쳤다. 한 여왕은 머리를 툭 떨어뜨리고 자고 있었고, 다른 여왕은 앨리스의 어깨에서 미끄러져서 마치 육중한 무슨 자루 같은 모습으로 앨리스의 무릎을 베고 자고 있었다.

"나한테 이런 일이 일어날 거라고는 생각해본 적도 없어. 동시에 여왕 두 명을 재워야 하다니! 영국 역사에도 이런 일은 없

었을걸……. 왜냐하면 동시에 여왕이 두 명이었던 적이 없으니까. 일어나요! 이 무거운 분들아!"

앨리스가 더는 못 참겠다는 듯이 말했다. 하지만 부드러운 코 고는 소리 외에는 아무 대답이 없었다.

시간이 갈수록 코 고는 소리는 마치 노랫소리 같아졌고, 마침내 가사까지 들렸다. 앨리스는 그 노래를 집중해서 듣느라 두 개의 무거운 머리가 무릎에서 사라진 것도 몰랐다.

앨리스는 '여왕 앨리스'라고 크게 쓰여 있는 아치형 현관 앞에 서 있었다. 아치 양쪽에는 종을 울리는 끈이 있었다. 한쪽은 '손님용 종', 다른 한쪽은 '하인용 종'이라고 쓰여 있었다.

'노래가 끝날 때까지 기다려야지. 그런데…… 어떤 종을 울려야 하지?'

앨리스는 속으로 생각했다. 그런데 종 이름 때문에 너무 혼란스러웠다.

"난 손님도 아니고 하인도 아니야. 여왕이라고 표시된 종이 있어야 하는데……."

그때 문이 약간 열리더니 기다란 부리를 가진 생물이 머리를 내밀며 "다음다음 주까지 출입 금지입니다!"라고 말하고는 문을 쾅 닫아버렸다.

앨리스는 한동안 문을 두드리고 종을 울렸지만 아무 소용없었다. 그때 나무 아래 앉아 있던 늙은 개구리 한 마리가 일어나

절뚝거리면서 천천히 앨리스에게 다가왔다. 그는 밝은 노란색 옷을 입고 커다란 장화를 신고 있었다.

"무슨 일이지?"

개구리가 걸걸하니 낮은 목소리로 속삭였다. 누구한테든 한마디할 준비가 되어 있던 앨리스가 몸을 돌렸다.

"문을 열어주는 하인은 어디에 있죠?"

앨리스가 화난 목소리로 말했다.

"어떤 문?"

"이 문 말이에요!"

앨리스는 개구리의 느릿느릿한 말투에 짜증이 나 발을 동동 구르며 말했다.

개구리는 커다랗고 멍한 눈으로 한동안 문을 쳐다봤다. 그러더니 문 가까이 가서 페인트가 떨어지는지 보려는 것처럼 엄지 손가락으로 문을 문질러보더니 앨리스를 보고 말했다.

"문에 대답을 한다고? 문이 뭘 물어봤는데?"*

개구리의 목소리가 너무 걸걸해서 앨리스는 알아듣기가 힘들었다.

"무슨 말을 하는지 못 알아듣겠어요."

앨리스가 말했다.

---

* 영어로 '문을 열어주다(to answer the door)'를 영어 단어 그대로 해석해서 잘못 이해하고 있다.

QUEEN ALICE

"난 영어로 말하고 있는데? 너 혹시 귀머거리냐? 문이 뭘 물어봤냐고?"

개구리가 말했다.

"아무것도 안 물어봤어요! 난 문을 두드리고 있었어요!"

앨리스가 짜증난다는 듯이 말했다.

"그러면 안 되지……, 그러면 안 돼……. 문을 화나게 해야지."

개구리가 중얼거리더니 커다란 발로 문짝을 걷어찼다.

"네가 문을 그냥 놔두면, 문도 널 그냥 두는 거지."

늙은 개구리는 헉헉대며 절뚝거리는 다리로 다시 나무로 돌아갔다.

그 순간 문이 활짝 열리더니 누군가 높고 날카로운 목소리로 노래를 했다.

거울나라여, 저 앨리스랍니다
"난 손에 홀을 쥐고, 머리에는 왕관을 쓰고 있어요
거울나라의 생물들이여, 누구든지 와서
붉은 여왕과 하얀 여왕 그리고 나와 파티를 즐겨요"

그러자 수백 명의 목소리가 합창했다.

"빨리 잔을 가득 채우고,

식탁 위에 단추와 겨를 뿌려라
고양이는 커피 안에, 생쥐는 차 안에 넣고
여왕 앨리스를 삼십 곱하기 세 번 환영하세!"

그리고 환호성이 잇따랐다. 앨리스는 생각했다.

'삼십 곱하기 삼은 구십인데, 누가 그걸 세고 있을까?'

한동안 다시 침묵이 흐르더니, 아까의 높고 날카로운 목소리가 다른 노래를 불렀다.

앨리스가 말하길,
"오— 거울나라의 생물들이여. 가까이 오세요!
나를 만난 것은 영광이고, 내 말을 듣는 건 은총이죠
붉은 여왕과 하얀 여왕 그리고 나와 함께
저녁을 먹고 차를 마시는 것은 위대한 특권입니다"

다시 합창 소리가 들렸다.

"당밀과 잉크로 잔을 채워라
아니면 마시고 싶은 것을 아무거나 채워라
모래와 사과 주스를 섞고, 양털과 포도주를 섞어라
그리고 여왕 앨리스를 아흔 곱하기 아홉 번 환영하라!"

"아흔 곱하기 아홉이라고! 그러면 절대 끝나지 않을 거야! 지금 당장 들어가는 게 낫겠어."

앨리스는 절망적인 목소리로 외쳤다. 그리고 앨리스가 연회장에 나타나자 순식간에 조용해졌다.

앨리스는 커다란 연회장으로 걸어 들어가서 초조하게 식탁을 쳐다봤다. 그곳에는 쉰 명 정도의 가지각색의 손님이 있었다. 동물과 새, 심지어 꽃도 몇 송이 와 있었다.

'초대할 때까지 기다리지 않고 와줘서 다행이야. 난 누굴 초대해야 할지도 모르니까.'

앨리스가 속으로 생각했다.

식탁 상석에는 의자가 세 개 있었다. 붉은 여왕과 하얀 여왕은 벌써 두 자리를 차지하고 있었고 가운데 자리 하나만 비어 있었다. 앨리스는 침묵이 흐르는 가운데 어색하게 그곳에 앉아 누구라도 말을 해주기를 간절히 기다렸다.

마침내 붉은 여왕이 입을 열었다.

"넌 수프와 생선 요리를 놓쳤어. 고기를 가져와라."

붉은 여왕이 말했다. 그러자 하인이 양고기 다리를 앨리스 앞에 가져다놓았다. 한 번도 양고기 다리를 먹어본 적이 없는 앨리스는 음식을 걱정스럽게 바라봤다.

"부끄러운가 보군. 내가 너에게 양고기 다리를 소개해주마."

붉은 여왕이 말했다.

"앨리스, 이쪽은 양고기야. 양고기, 이쪽은 앨리스야."

양고기 다리가 접시에서 일어나서 앨리스에게 인사를 했다. 앨리스는 무섭다고 해야 할지, 재미있다고 해야 할지 몰라 하면서 인사를 했다.

"제가 좀 잘라드릴까요?"

앨리스가 나이프와 포크를 들고 붉은 여왕과 하얀 여왕을 번갈아보며 말했다.

"당치 않아. 서로 인사를 나눴는데 그러는 건 예의가 아니지. 양고기 다리를 치워라!"

붉은 여왕이 아주 단호하게 말했다. 하인들이 양고기 다리를 치운 뒤 커다란 플럼 푸딩*을 가져왔다.

"푸딩이랑은 인사하고 싶지 않아요. 그랬다가는 아무것도 못 먹을 거예요. 제가 조금 드릴까요?"

앨리스가 서둘러 말했다. 하지만 붉은 여왕은 뾰로통해지더니 으르렁거리듯이 투덜거리며 말했다.

"푸딩, 여기는 앨리스야. 앨리스, 여기는 푸딩이야. 이제 푸딩을 치워라!"

하인이 너무 빨리 푸딩을 치워서 앨리스는 푸딩에게 인사도 못했다.

앨리스는 왜 붉은 여왕만 명령을 내리는지 알 수가 없었다. 그래서 시험 삼아 "푸딩을 다시 가져와!"라고 소리쳐보자, 마술처럼 순식간에 푸딩이 나타났다. 그런데 푸딩이 어찌나 큰지 양고기 다리를 처음 봤을 때처럼 두려웠지만 애써 용기를 내서 푸딩을 잘라 붉은 여왕에게 건네주었다.

"이런 무례한! 내가 널 이렇게 자르면 좋겠어, 이것아!"

푸딩이 굵고 기름진 목소리로 말했다. 앨리스는 뭐라고 대답해야 할지 아무 생각이 나지 않았다. 그냥 가만히 앉아 숨이 턱 막힌 채로 쳐다보기만 했다.

---

* 여러 가지 과일을 넣고 찐 대표적인 크리스마스용 푸딩이다.

"뭐라고 말을 해야지. 푸딩 혼자 말을 다 하게 두는 건 말도 안 되는 일이야!"

붉은 여왕이 말했다.

"전 오늘 시를 아주 많이 들었어요."

앨리스가 입을 열자, 주변이 순식간에 조용해지더니 모든 시선이 쏠렸다. 앨리스는 약간 겁먹은 채 말을 시작했다.

"그런데 아주 이상한 게 있어요. 그러니까…… 여기서 들은 모든 시는 어떤 식으로든 물고기와 관련이 있어요. 여기 사람들이 왜 그렇게 물고기를 좋아하는지 아세요?"

앨리스가 붉은 여왕에게 물었다. 하지만 여왕은 질문에 동문서답을 했다.

"하얀 여왕이 모든 시에 나오는 물고기에 대한 재미있는 수수께끼를 다 알고 있어. 한번 읊어보라고 할까?"

붉은 여왕은 아주 느리고 엄숙한 목소리로 앨리스의 귀에 대고 말했다.

"그렇게 말해주다니 붉은 여왕은 정말 친절해. 아주 영광이지. 그럼, 읊어볼까?"

하얀 여왕이 앨리스의 다른 쪽 귀에 대고 마치 비둘기가 구구대는 것처럼 소곤거렸다.

"부탁합니다."

앨리스가 아주 공손하게 말했다.

하얀 여왕은 기뻐하며 웃더니 앨리스의 볼을 쓰다듬었다. 그리고 시를 읊기 시작했다.

"먼저 물고기를 잡아야 해"
그건 쉬워요. 아마 아기도 잡을 수 있을걸요
"그다음은 물고기를 사야 해"
그것도 쉬워요. 일 페니면 사지요

"이제, 물고기를 요리해줘"
그건 쉽지요. 일 분도 안 걸려요
"물고기를 접시 위에 올려놔!"
그건 쉽지요. 물고기는 벌써 접시 위에 있어요

"그걸 가져다줘! 먹게!"
접시를 식탁에 놓는 건 쉽지요
"접시 덮개를 치워!"
오, 그건 너무 어려워서 못하겠어요!

물고기가 중간에 누워서
본드처럼 덮개와 접시를 꽉 붙들고 있거든요
어느 것이 더 쉬울까요

"잠시 생각해보고 맞춰보거라."

붉은 여왕이 말했다.

"그동안 너의 안녕을 위해 건배하마. 여왕 앨리스의 안녕을 위해!"

붉은 여왕은 목청껏 소리를 질렀다. 그러자 모든 손님들이 바로 술을 마시기 시작했는데 아주 이상하게 술을 마셨다. 몇몇은 잔을 머리 위에 거꾸로 놓고 얼굴에 쏟아지는 것을 마셨고, 다른 이들은 포도주 병을 엎은 다음 식탁을 따라 흐르는 술을 마셨다. 그리고 캥거루처럼 생긴 세 명은 구운 양고기 접시로 몰려들어 게걸스럽게 육즙을 핥아먹었다.

'꼭 여물통의 돼지들 같아!'

앨리스는 생각했다.

"너는 멋진 연설로 답례를 해야지."

붉은 여왕이 앨리스에게 얼굴을 찡그리며 말했다.

"우리가 널 도와줄 거야."

하얀 여왕이 속삭였다. 앨리스는 인사를 하려고 고분고분하게 일어났지만 약간 떨렸다.

"감사합니다만 도와주지 않아도 잘할 수 있어요."

앨리스가 작은 목소리로 대답했다.

"절대 아닐걸."

붉은 여왕의 단호한 말에 앨리스는 그냥 순순히 받아들이기로 했다.

(나중에 앨리스는 언니에게 파티에서 있었던 일을 이야기하며 "여왕들이 너무 밀었어! 양쪽에서 하도 밀어서 납작해질 뻔했다니까!"라고 말했다.)

사실 앨리스는 제자리에서 가만히 연설을 하기가 꽤 힘들었다. 두 여왕이 양쪽에서 너무 밀어대서 공중으로 들어 올려질 지경이었다.

"감사의 말을 드리려고 이 자리에……."

앨리스가 말을 시작했다. 그런데 몸이 정말로 공중으로 약간 떠올랐고, 앨리스는 식탁 가장자리를 잡고 겨우 다시 몸을 끌어내렸다.

"조심해! 무슨 일이 일어날 거야!"

하얀 여왕이 양손으로 앨리스의 머리카락을 잡고 외쳤다.

그 모든 일이 (나중에 앨리스가 묘사한 대로) 순식간에 일어났다. 양초는 천장까지 길게 솟구쳐 자라더니 천장 꼭대기에서 불꽃놀이라도 하듯이 불꽃들이 수풀처럼 너울거렸다. 그리고 병들은 접시 두 개를 양 날개로 삼고 포크를 다리로 삼아 사방을 날아다녔다.

'진짜 새 같아.'

앨리스는 끔찍한 혼란의 소용돌이 속에서 생각했다.

바로 그때 걸걸한 웃음소리가 옆에서 들렸고, 앨리스는 하얀 여왕에게 무슨 일이 생겼는지 보려고 몸을 돌렸다. 하지만 하얀 여왕은 보이지 않고 양고기 다리만 의자에 앉아 있었다.

"나 여기 있어!"

수프 그릇 안에서 어떤 목소리가 들렸다. 앨리스가 돌아보자, 하얀 여왕의 커다랗고 착한 얼굴이 수프 그릇 가장자리에서 활짝 웃더니 곧바로 수프 안으로 사라져버렸다.

머뭇거릴 시간이 없었다. 벌써 몇 명의 손님들은 접시에 누워 있었고, 수프 국자는 식탁 위를 걸어 앨리스 쪽으로 다가오면서 짜증스럽게 비키라는 손짓을 했다.

"더 이상 못 참겠어!"

앨리스가 양손으로 식탁보를 잡고 벌떡 일어나면서 외쳤다. 식탁보를 한 번 당기자, 접시며 식기들, 손님, 양초들이 서로 부딪치면서 한꺼번에 바닥으로 쏟아졌다.

"그리고 당신!"

앨리스는 이 모든 장난의 장본인이라고 생각되는 붉은 여왕을 무섭게 돌아보며 말했다. 하지만 붉은 여왕은 옆에 없었다. 붉은 여왕은 갑자기 작은 인형 크기로 줄어들었고, 질질 끌리는 자기 숄을 쫓아다니며 식탁 위를 즐겁게 빙글빙글 돌고 있었다.

보통 때 같으면 그 광경에 놀랐겠지만 뭔가를 보고 놀라기에는 지금 너무 흥분한 상태였다. 앨리스는 식탁 위에서 병을 뛰어넘고 있는 작은 붉은 여왕을 잡아서 다시 말했다.

"당신을 흔들어서 고양이로 만들어버릴 거야, 그럴 거라고!"

10

흔들기

앨리스는 붉은 여왕을 식탁에서 들어 올려 이리저리 힘껏 흔들었다.

붉은 여왕은 아무런 저항도 하지 않았다. 다만 얼굴은 점점 작아졌고 눈은 점점 커지면서 초록색을 띠었다. 하지만 앨리스가 계속 흔들자, 여왕은 점점 짧아지고…… 통통해지고…… 부드러워지고…… 둥글어져서…….

11

깨어나기

결국…… 정말로 아기 고양이가 되었다.

12

누가 꾼 꿈일까?

“폐하, 그렇게 큰 소리로 울면 아니 되옵니다.”

앨리스가 눈을 비비며 예의 바르지만 단호하게 아기 고양이에게 말했다.

“너 때문에 깼어! 정말 재미있는 꿈이었는데! 키티, 너도 나랑 거울나라에 계속 같이 있었어. 알고 있었어?”

(앨리스가 전에도 말한 적 있지만) 아기 고양이는 누가 말할 때마다 항상 가르랑대는 못된 버릇을 또 했다.

“고양이들이 ‘네’의 의미로 야옹대고 ‘아니요’의 의미로 가르랑대면 좋을 텐데. 아니면 뭐 다른 규칙이라도 있든지. 그럼 같이 얘기할 수가 있잖아. 항상 똑같은 말만 하는 사람과 어떻게 얘기를 하겠어?”

앨리스가 말했다.

이 말에도 아기 고양이는 다시 가르랑거릴 뿐이었다. 그 말이 '네'인지 '아니오'인지는 알 수 없었다.

그래서 앨리스는 탁자 위에서 체스 말을 뒤적여 붉은 여왕을 찾아냈다. 그런 다음 벽난로 앞 카펫에 앉아서 아기 고양이와 붉은 여왕을 마주 보게 놓았다.

"자, 키티! 네가 무엇으로 변했었는지 고백해!"

앨리스가 의기양양하게 손뼉을 치며 외쳤다.

(나중에 앨리스는 언니에게 "키티가 머리를 돌리고는 붉은 여왕을 못 본 척했어. 하지만 자기도 조금 부끄러운 듯했어. 난 키티가 분명히 붉은 여왕이었을 거라고 생각해"라고 말했다.)

"똑바로 앉아야지!"

앨리스가 즐겁게 웃으며 외쳤다.

"그리고 무릎을 구부리고 인사를 해. 네가 뭐라고……, 뭐라고 가르랑거릴지 생각하는 동안 말이야. 그래야 시간을 아낄 수 있지. 기억해야 해!"

앨리스는 아기 고양이를 들어 올려 입맞춤을 했다.

"붉은 여왕이었던 것을 떠올리면서 말이야."

"스노드롭, 우리 야옹아!"

앨리스는 여전히 수고스럽게 털을 다듬고 있는 하얀 아기 고양이를 어깨 너머로 보며 말했다.

"언제 다이너가 우리 하얀 여왕 폐하의 단장을 끝마칠까? 그래서 꿈속에서 그렇게 엉망이었구나……. 다이너! 네가 하얀 여왕님을 핥고 있는 거 아니니? 무례하게 말이야! 그런데 다이너는 뭐로 변했을까? 말해줘, 다이너. 넌 험프티 덤프티였니? 그런 거 같아. 하지만 아직 친구들한테는 말하지 않는 게 좋겠다. 확실치 않으니까."

앨리스는 카펫 위에 편하게 엎드려서 팔꿈치를 괸 다음 그 위에 얼굴을 올렸다. 그리고 아기 고양이들을 보면서 계속 수다를 떨었다.

"그런데 키티, 네가 진짜 내 꿈속에 나왔다면 한 가지 좋아할 일이 있어……. 난 시를 아주 많이 들었는데 모두 물고기에 대한 거야! 내일 아침에 널 제대로 대접해줄게. 네가 아침을 먹는 동안 〈바다코끼리와 목수〉를 읊어줄게. 그러면 마치 굴을 먹는 거 같을 거야.

키티, 이제 누구의 꿈인지 생각해보자. 진지하게 말하는 거야. 그렇게 앞발만 핥지 말고. 다이너가 아침에 널 안 씻겨준 것처럼 왜 그래! 키티, 그 꿈은 내 꿈이거나 아니면 붉은 왕의 꿈일 거야. 당연히 붉은 왕도 내 꿈에 나왔지……. 하지만 나도 붉은 왕 꿈에 나왔을 거야! 그럼 그건 붉은 왕의 꿈일까? 키티, 넌 붉은 왕의 아내였잖아. 그러니까 넌 알고 있을 거야……. 아, 키티, 누구의 꿈인지 알려줘! 발은 나중에 핥아도 되잖아!"

하지만 아기 고양이는 아무 말도 못 들은 척하면서 약 올리듯이 다른 발을 핥기 시작했다.

여러분은 누구의 꿈이라고 생각하나요?

화창한 하늘 아래 배 한 척이,
꿈꾸듯이 천천히 나가네
7월의 어느 저녁에……

아이들 셋 모여 앉아,
눈을 반짝이고 귀를 기울이며
소소한 이야기에 즐거워하네

오래전 햇빛 찬란한 하늘은 옅어지고
메아리는 잦아들고 기억은 사그라졌네
가을의 서리는 7월을 끝내고

하늘 아래서 움직이는 앨리스는
깨어 있는 눈에는 보이지 않지
여전히 그녀는 유령처럼 나를 따라다니네

아이들은 아직 그 이야기를 들으며
반짝이는 눈으로 귀를 기울이고
사랑스럽게 옆에 기대 앉아 있네

그들이 있는 이상한 나라는

하루가 가도록 꿈을 꾸고
여름이 끝나도록 꿈을 꾸네

황금빛 어슴푸레 아른거리며……
물결을 따라 흘러가네……
인생은 한낱 꿈이 아니고 무엇이랴?

또다시 시작된 환상의 모험

월트 디즈니의 앨리스에 익숙해진 우리는 앨리스 하면 노란 머리에 파란 원피스, 하얀 에이프런을 떠올리지만 사실 앨리스는 원래 갈색 머리였다! 《이상한 나라의 앨리스》는 리델 집안의 둘째 딸 앨리스에게 들려주기 위해 루이스 캐럴이 지은 이야기다. 옥스퍼드대학교에서 수학 교수로 있던 루이스 캐럴은 학장이었던 리델의 집에 찾아가 리델의 세 딸 로리나, 이디스, 앨리스와 종종 어울렸다. 어느 날 앨리스는 루이스 캐럴에게 자신을 주인공으로 한 이야기를 들려달라고 했고 그는 그러겠다고 약속했다.

집에 돌아온 캐럴은 앨리스를 무작정 토끼굴로 떨어뜨린 다음, 생각의 흐름대로 물 흐르듯이 이야기를 지어내어 100년이 넘도록 사랑받는 이야기인 《이상한 나라의 앨리스》를 탄생시켰다.

루이스 캐럴은 수줍음 많은 성격으로 아이들과 어울리는 것을 좋아했는데, 잦은 병치레로 한쪽 귀가 먼 말더듬이였다. 그래서 성직자 자격이 있었지만 말더듬이 때문에 교단에 서지 않고 평생 독신으로 살았다. 루이스 캐럴은 앨리스가 성인이 되자 청혼을 하지만 그녀의 부모에게 거절당하고 집의 출입을 금지당했다. 이후 앨리스는 다른 남자와 결혼했지만 결국 이혼하고, 루이스 캐럴에게 선물로 받은 《이상한 나라의 앨리스》 판권의 인세와 11년 동안 매일 캐럴에게 받은 편지를 팔아서 노년을 보내게 된다.

체스판 위에서 펼쳐지는 신비한 모험

한여름이 배경이었던 《이상한 나라의 앨리스》와 달리 《거울 나라의 앨리스》는 연말을 며칠 앞둔 1869년 크리스마스가 배경이다. 앨리스는 거실 벽난로 위에 걸린 거울을 보면서 저 거울 속 세상은 어떨까 궁금해한다. 그런데 갑자기 거울이 안개처럼 녹아내리고 앨리스는 그 틈을 타 거울 반대편 세상으로 들어간다. 거울나라에서 앨리스가 아끼는 아기 고양이들은 붉은 여왕과 하얀 여왕이 된다.

거울나라는 체스판처럼 생긴 세상으로 앨리스는 두 번째 줄에서 졸로 게임을 시작한다. 체스판은 가로세로 총 여덟 줄로 되어 있는데, 책에서는 개울을 건너는 게 한 칸 앞으로 나가는 의미로 쓰이고 있다. 하얀 말은 순서대로 '트위들디, 유니콘, 양, 하얀 여왕, 하얀 왕, 늙은이, 하얀 기사, 트위들덤'이 있고, 하얀 졸은 '데이지, 삼월 토끼, 굴, 릴리, 아기 사슴, 굴, 모자 장수, 데이지'가 있다. 붉은 말은 순서대로 '험프티 덤프티, 목수, 바다코끼리, 붉은 여왕, 붉은 왕, 까마귀, 붉은 기사, 사자'이고 붉은 졸은 '데이지, 전령, 굴, 참나리, 장미, 굴, 개구리, 데이지'이다.

책에서는 하얀 말과 붉은 말이 번갈아가면서 두는 체스 규칙을 제대로 지키지는 않았다. 하지만 체스 말에 이름표를 붙인 다음, 《거울나라의 앨리스》를 펴놓고 게임을 따라 해보면 재미있을 것이다. 또는 자기만의 새로운 게임으로 새 이야기를 만드는 것도 좋다.

재기발랄한 언어유희

《거울나라의 앨리스》 속 〈재버워키〉라는 시는 한 번도 들어보지 못한 생물의 이름과 현실에 존재하지 않는 새로운 형용사를 이용해 만들었다. 미술에 추상화가 있다면 루이스 캐럴은 언어의 추상화가다. 그는 추상적인 언어도 문학이 될 수 있다는 가능성을 열어주었다.

《거울나라의 앨리스》에는 영어의 동음이의어와 영국의 전래 동요인 〈마더 구스〉의 압운을 많이 사용하는데, 우리는 영어권이 아니다 보니 재기발랄한 루이스 캐럴의 언어유희를 놓치는 부분이 많아 아쉽다. 예를 들어 붉은 여왕이 하얀 여왕을 재우며 부르는 자장가는 'rock-a bye baby'라는 〈마더 구스〉의 압운에 가사를 바꿔 부르는 식이고, 등장인물들도 〈마더 구스〉에 나오는 이들로 영어권 아이들에게는 친숙하다. 앨리스는 거울나라에서 그 인물들을 직접 만나서 대화를 나누며 어린아이다운 동심의 세계를 마음껏 맛본다.

상상 속 세상이 보여주는 현실 세상

디즈니의 애니메이션 〈이상한 나라의 앨리스〉에는 소설 《이상한 나라의 앨리스》와 《거울나라의 앨리스》의 등장인물이 섞여서 나온다. 디즈니의 애니메이션에는 말하는 꽃들, 바다코끼리와 목수, 트위들덤과 트위들디 등이 나오는데, 이들은 모두 《거울나라의 앨리스》에 나오는 등장인물들이다.

《거울나라의 앨리스》는 《이상한 나라의 앨리스》 못지않게 현실과 환상이 뒤섞여 있고, 결코 웃어넘길 수 없는 질문들을 많이 던진다. 예를 들어, 바다코끼리와 목수는 어린 굴들을 꾀어 잡아먹는다. 바다코끼리는 자신이 해친 굴들을 위해 눈물을 흘리고 슬퍼하면서(가식을 떨면서) 잡아먹고, 목수는 아무 감정 없이 잡아먹는다. 여기서 과연 누가 더 못된 사람일까? 희생자를 위해 눈물을 흘리면서 나쁜 짓을 하는 사람? 양심의 가책 없이 나쁜 짓을 하는 사람? 정말 답하기 어려운 수수께끼다. 우리 현실 속에 존재하는 겉과 속이 다른 수많은 사람을 떠올리게 하는 대목이다.

또한 《거울나라의 앨리스》에는 영국의 오래된 전래 동요에 나오는 인물들이 등장하는데, 특히 험프티 덤프티의 모습은 기괴하면서도 흥미롭다. 사전을 찾아보면 '영국의 전래 동요에 나오는 담장에서 떨어져 깨진 달걀처럼 생긴 땅딸보' 또는 '부서지면 원래대로 되돌릴 수 없는 물건'이라고 되어 있다.

사실 험프티 덤프티는 1600년대 영국 내전 당시 사용한 아주 강력한 대포였다. 그 대포는 큰 성벽에 설치되어 도시를 방어하는 역할을 했는데, 교회 탑이 적들의 공격을 받아 산산이 부서졌고 결국 대포도 땅바닥으로 떨어졌다. 왕의 부하들이 대포를 수리하려고 했지만 원래대로 고칠 수가 없었다. 그렇게 해서 동요가 생겨난 것이다.

험프티 덤프티는 잘난 척하고 권위 의식도 있는 존재이지만, 한순간 방심하면 담장 아래로 떨어져 깨져버릴 수도 있다. 모든 게 잘 굴러가는 것 같지만 자만하며 방심하는 순간 모든 것이 흩어져버릴 수 있는 현실을 대변하는 듯하다.

막무가내에 빨리빨리를 외치는 붉은 여왕

붉은 여왕은 최선을 다해 숨이 찰 때까지 달리지만 항상 제자리에 머무른다. 그러면 달릴 필요가 없지 않느냐는 앨리스의 질문에 두 배로 빨리 달리면 이동할 수 있다고 대답한다. 또한 붉은 여왕은 무슨 말을 할지 생각하는 동안 절을 해서 시간을 아끼라고 한다. 100년 전 영국에도 지금의 한국인 같은 빨리빨리 캐릭터가 있었다니 놀라울 뿐이다. 최선을 다해 달려도 항상 제자리라면 더 빨리 달릴 생각을 하지 않고 풍경도 보며 여유롭게 살아가라는 것이 붉은 여왕이 주는 교훈이 아닐까?

일어나지 않은 일을 걱정하는 하얀 여왕

하얀 여왕은 일어나지도 않은 일을 걱정하고 아파하며 지금 이 순간의 즐거움을 느끼지 못하는 인간형이다. 하얀 여왕은 슬픔도 느낄 수 없다. 슬픔이 찾아오면 큰일이라도 난 것처럼 절망에 빠져 슬픔을 물리치기 위해 다른 생각으로 머리를 꽉 채운다.

또한 안 좋은 일이 일어나도록 일부러 상황을 몰고 가서 자신의 예상대로 안 좋은 일이 일어나자 "봤지?"라고 하면서 의기양양해한다.

하얀 여왕은 즐거워할 줄도 모른다.

나도 기뻐할 수 있으면 좋으련만! 기뻐하는 순서가 어떻게 되는지 도통 기억이 안 나는구나. 넌 이 숲에서 살면서 정말 행복하겠다. 원할 때마다 기뻐할 수도 있고 말이야!

_ 본문 중에서

슬픔도 즐거움도 사실 같은 선상에 있는 감정이다. 거울나라의 반대편에 살고 있는 우리는 원할 때마다 즐거워할 수 있다는 사실을 잊지 말자. 어리석은 하얀 여왕처럼 일어나지도 않은 일에 대한 걱정은 묻어두자. 앨리스가 당신의 생각을 엿보면 웃음을 터트릴지도 모른다. 걱정은 묻어두고 지금 이 순간의 감정이 무엇이든 받아들이며 현실과 자신을 제대로 인식해야 한다. 그래야 현재도 즐기면서 더 나은 미래도 만들어갈 수 있을 것이다.

인생은 누구의 꿈일까?

잠을 자는 붉은 왕을 만난 앨리스에게 트위들디, 트위들덤 형제는 "넌 왕이 꿈에서 깨면 휙 하고 사라지는, 왕의 꿈에 나오는 등장인물일 뿐"이라고 한다. 그러면 지금 여기 있는 앨리스는 뭘까? 그리고 이건 누구의 꿈일까?

《거울나라의 앨리스》의 마지막 문장은 이렇다.

"Life, what is it but a dream?"

인생은 한낱 꿈이 아니고 무엇이랴? 일 년 전 오늘 일도, 어제 일도 꿈결처럼 희미하다. 미래는 아직 존재하지도 않는다. '인생은 지금 이 순간뿐'이라는 것을 루이스 캐럴은 알고 있었는지도 모른다.

작가 연보

1832년 1월 27일 영국 체셔 데어스베리에서 아버지 찰스 도지슨과 어머니 제인 루트위지 사이에서 셋째 아들로 태어났다. 본명은 찰스 루트위지 도지슨(Charles Lutwidge Dodgson)이다. 성공회의 지역 교구 주임 사제였던 아버지 때문에 16년 동안 사제 사택에서 생활했다. 광활한 밀밭이 있는 시골에서 유년기를 보내며 일곱 살에 《천로역정》을 읽었고 열두 살 때까지 아버지에게 라틴어를 배웠다.

1843년 아버지가 요크셔 크로프트의 주임 사제로 임명을 받았다. 아버지를 따라 가족 모두가 크로프트의 사제 사택으로 이사를 했다.

1844년 크로프트 근교의 리치먼드 문법 학교와 럭비 스쿨을 다녔다. 방학은 대부분 크로프트에서 보냈다. 방학 동안 형제자매들을 위해 가족 잡지 연작물을 만들기도 했다. 수줍음이 많고 감수성이 풍부했던 캐럴은 당시 이미 재능 있는 학자의 면모를 갖추었다.

1849년 럭비 스쿨을 졸업했다. 훗날 럭비 스쿨 생활을 '악몽'이었다고 회상했다. 이 무렵 백일해를 앓은 캐럴은 오른쪽 귀의 청력에 이상이 생겨 말을 더듬는 버릇이 생겼다.

1851년 옥스퍼드대학교의 크라이스트처치칼리지에 입학하자마자 어머니의 갑작스러운 부음을 듣고 크로프트에 돌아와 장례식을 치렀다. 당시 어머니의 나이는 마흔일곱이었고, 어머니의 죽음은 캐럴에게 행복한 시절의 마감을 뜻했다. 크라이스트처치칼리지에서는 수학, 신학, 문학을 공부했다.

1852년 헤브라이어 교수인 퍼시 박사를 통해 크라이스트처치칼리지의 장학금을 받고 연구원이 되었다. 이는 평생 대학에서 공부하며 일할 수 있다는 의미였다.

1854년 문학 박사 학위를 받았다.

1855년 대학 도서관의 부관장이 되었다. 학부생의 개별 지도교사를 하면서 수학 강의를 시작했다. 이듬해 공식적인 수학 교수가 되었다. 말 더듬는 습관 때문에 강의에 어려움을 겪기도 했다. 이후 26년간 옥스퍼드대학교에서 수학 교수로 일했다. 이때 〈재버워키〉의 첫 연을 썼고, 《코믹 타임스》에 시를 기고하기도 했다. 시를 기고할 때 처음으로 루이스 캐럴이라는 필명을 사용했다. 이때부터 일기를 쓰기 시작해서 죽는 날까지 계속 썼다.

1856년 3월에 카메라를 구입했다. 4월에 크라이스트처치칼리지의 학장 리델의 저택에서 성당 사진 촬영을 도와주다가 그의 자녀들을 만나게 되었다. 그중 둘째 딸이 바로 앨리스였다.

1861년 옥스퍼드대학교의 윌버포스 주교로부터 부제 서품을 받았다.

1862년 7월에 친구인 크리니티칼리지의 연구원 로빈슨 덕워스와 함께 리델 집안의 아이들과 뱃놀이를 했다. 그때 아이들에게 들려준 이야기가 바로 '지하 세계의 엘리스'였다. 이는 훗날《이상한 나라의 앨리스》의 시초가 되었다.

1864년 크리스마스에 자필로 쓴 《지하 세계의 앨리스》를 앨리스에게 선물로 주었다. 출판사를 통해 삽화가 테니얼을 소개받았고, 이후 논의를 거쳐 '이상한 나라의 앨리스'라는 제목이 탄생했다.

1865년 7월에 《이상한 나라의 앨리스》를 맥밀런출판사에서 출간했다. 이후 보완을 거쳐 11월에 재출간했다.

1867년 6월에 짧은 콩트 〈브루노의 복수〉를 《Aunt Judy's Magazine》에 발표했다. 이 이야기는 후에 《실비와 브루노》의 토대가 되었다.

1868년 6월에 아버지가 세상을 떠났다. 이후 크로프트를 떠나 길퍼드로 이사했다.

1871년 《이상한 나라의 앨리스》의 속편 《거울나라의 앨리스》를 출간했다.

1876년 신비로운 동물을 섬 안에서 추적하는 이야기 《스나크 사냥》을 출간했다. 이 작품은 영국인들에게 또 다른 앨리스의 출현을 기대하게 만들었지만 판매는 저조했다. 하지만 이후 프랑스어로 번역되어 '초현실주의의 선구자'라는 찬사를 받았다.

1879년 본명으로《유클리드와 현대의 맞수들》을 출간했다.

1880년 오랜 취미인 사진을 갑자기 그만두었다. 그동안 약 3,000장의 사진을 찍었는데, 그중 1,000여 장이 남아 있다. 훗날 빅토리아 시대의 뛰어난 사진작가로 평가받게 된다.

1881년 크라이스트처치칼리지를 그만두고 오로지 창작에만 몰두했다.

1889년 12월에 어린이를 위한 새로운 책《실비와 브루노》를 출간했다. 하지만 방대한 분량과 복잡한 줄거리 때문에 어려운 작품이라는 평가를 받았다.

1898년 1월 14일 독감이 기관지염으로 악화되어 생을 마감했다. 이후 길퍼드의 마운트 묘지에 묻혔다. 운명했을 무렵《이상한 나라의 앨리스》는 16만 부가 팔렸다.

옮긴이 **손인혜**

경희대학교와 동 대학원을 졸업했으며 번역가로 활동하고 있다. 옮긴 책으로《슬리피 할로우의 전설》,《피터 래빗 이야기(1~17)》,《환상의 나라 오즈》 등이 있다.

그린이 **존 테니얼**

풍자 잡지《펀치》에 만화를 그렸고,《이솝 우화》의 삽화를 그려 명성을 얻었다. 상상 속에 존재하는 환상의 동물들을 실감나게 그렸다는 평을 받았다.

큰글씨 거울나라의 앨리스

초판1쇄 펴낸날 2018년 3월 10일

지 은 이 루이스 캐럴
그 린 이 존 테니얼
옮 긴 이 손인혜
펴 낸 이 장영재
펴 낸 곳 (주)미르북컴퍼니
자 회 사 더클래식
전 화 02)3141-4421
팩 스 02)3141-4428
등 록 2012년 3월 16일(제313-2012-81호)
주 소 서울시 마포구 성미산로32길 12, 2층 (우 03983)
E-mail sanhonjinju@naver.com
카 페 cafe.naver.com/mirbookcompany

(주)미르북컴퍼니는 독자 여러분의 의견에
항상 귀 기울이고 있습니다.

파본은 책을 구입하신 서점에서 교환해 드립니다.
책값은 뒤표지에 있습니다.